Sonya
ソーニャ文庫

サボテン王子のお姫さま

八巻にのは

イースト・プレス

contents

プロローグ

「ロンデリオン行きの列車、間もなく出発します」

汽車が吐き出す蒸気《じょうき》の向こうから、ホームに立つ駅員の気だるげな声が聞こえる。

それにはっと顔を上げて、少女グレイスは慌《あわ》てた様子で座席から立ち上がった。

そのまま列車の窓に張り付き、誰かを探すように外を見るが、ルーベルング駅のホームには駅員を除けば誰一人立っていない。

もともとこの駅は利用客が少ないことで有名だが、どうやら朝の時間はそれが特に顕著《けんちょ》らしい。

駅を有するルーベルング領は畑ばかりが広がる田舎《いなか》で、訪れる者はほとんどいないし、王城のある王都からは汽車を乗り継いでも二日はかかる距離にある。

近頃では領地内に大きな鉱山が見つかり、鉄鉱石を運ぶ汽車が増えてきたけれど、そちらの路線はルーベルング駅には入ってこないので、駅は昔と変わらず、客もまばらで寂《さび》しいままだ。

だがそれでも、ホームの上に見知った顔を探してしまったのは、汽車が走り出したが最後、グレイスは二度とこの場所に戻ってこられないからだった。

今日、グレイスは故郷であるこのルーベルング領を離れ、この国の王都ロンデリオンへと向かう。

グレイスはのどかなルーベルングが大好きだったし、離れたくなかったけれど、祖母のマーガレットが「もう自分たちはこの町にいてはいけないのだ」と言ったのだ。

グレイスはこの地を治めるコナー男爵の娘として何不自由なく育った。

けれど三か月ほど前、グレイスの両親が鉱山の視察中に落盤事故に巻き込まれて亡くなったのをきっかけに、その生活は大きく変わってしまった。

マーガレットが言うには、それまでグレイスの両親を慕ってくれていた人は皆敵に回り、家財のすべてを彼らに奪われてしまったらしい。

大切な屋敷も、使用人も、思い出の品さえもグレイスたちの物ではなくなり、生きるためにこの場所を出て行かなくてはならなくなった。

どうしてそんなことになったのかは、幼いグレイスにはまだよくわからなかったけれど、彼女は聞き分けの良い子だったから、マーガレットの言いつけを守って荷物をまとめ、汽車へと乗り込んだのだった。

「きっとくるわ、きっとよ」

先日、グレイスはこの地を離れることを手紙にしたため、唯一の友人に届けていた。今日汽車でルーベルングを出て行くことや、二度と戻れないこと、最後にもう一度会いたいことを記した手紙は、その友人の部屋に忍び込み、机の上に置いてきたので彼も目を通しているはずだ。

だから後は彼を待つばかりなのだけれど、いつまで経っても姿は見えない。グレイスは落ち着きなく「大丈夫」と自分に繰り返す。けれど不安は消えなくて、彼女はすがるように、側に置かれた小さな鉢植《はちう》えを抱え込んだ。

小さな鉢に植えられているのは、この国では珍しい「サボテン」という植物だ。これをグレイスに与え、大切に育てて欲しいと微笑んでくれた友人こそが、彼女が今待っている相手だった。

けれど「きっとくる」「大丈夫」を繰り返すたび、望みが叶わない可能性が頭をよぎる。なぜならその唯一の友人は、グレイスがこの列車に乗る原因を作った側の人間でもあるからだ。

グレイスに降りかかった災難《さいなん》は彼のせいではなかったが、自分には関係ないと割り切るには、彼は優しすぎる。

だがそれでも、グレイスは最後に彼の顔を見て、伝えたいことがあった。

「もう、それくらいにしておきなさい」

依然として現れない彼を待ち、なおも窓に張り付くグレイスを見かねて声をかけてきたのは向かいの席に座る祖母マーガレットだった。

「長い旅になるのだから、今のうちに少し寝ておきなさい」

いつもは張りのある艶《つや》めいたマーガレットの声が、今日は少し嗄《か》れていた。

グレイスの母と言っても通じるほど若々しくて美しい容姿も、纏《まと》った服のせいかくすんでしまったように見える。

でもそれも無理はない。マーガレットはこの数か月の間に、幾度《いくど》となくその心を打ち砕《くだ》かれてきたのだ。

それはグレイスも同じだったが、幼い少女には心の支えとなる者がいる。

けれどマーガレットのそばにあるのは、わずかなお金の入った袋と、二人分にしてはあまりに小さなトランクが一つだけだ。そのどちらもマーガレットを励《はげ》ますには心許《こころもと》ないと気づいたグレイスは、少しでも彼女を和《なご》ませようと、彼女の隣に腰を下ろすと左手で鉢植えを抱き、右手で祖母の手を優しく握った。

「そんな顔をしないでおばあさま。王都に行けば、きっとすべてがうまくいくわ」

「あなたはいつも楽観的ね」

呆《あき》れたような声音だが、グレイスが笑ったことで祖母の顔が少しだけ明るくなったように見えた。

「でもそうね、私もこのままでいるつもりはないわ」

顔には疲れの色が見えたけど、グレイスに向けられた眼差《まなざ》しと声には強さが見える。

マーガレットがまだすべてを諦《あきら》めたわけではないのだとわかり、グレイスは少しだけほっとした。

グレイスにとって家族と呼べるのはこの美しい祖母だけで、その彼女が気落ちしているのは見たくなかったのだ。

「あなたには、これからはうんと頑張《がんば》ってもらわないとね」

「大丈夫。おばあさまの言うとおりにするわ」

「じゃあ、今は眠りなさい。次に乗り換える列車にはいっぱい人が乗ってくるから、ゆっくりできないわよ」

「そんなにたくさん人が乗るの？」

「ええ、ルーベルングにいる人の何倍もの人が王都には出入りしているから」

それはどれほどだろうとグレイスが考え込んでいると、不意にマーガレットが彼女の小さい手をぎゅっと握った。

「だからね、今までよりもっと注意深く生きなきゃだめよ。あなたはちょっと抜けたところがあるから、じゅうぶん気をつけないと」

　確かに、グレイスは心配されることの多い子供だった。

　勉強の出来や礼儀作法は褒《ほ》められるのだが、優しすぎる性格と少々変わった趣味のせいで、周りからは頼りなく見えてしまうらしい。

「今までの自分とは別人になるくらいの覚悟をなさい。これからは誰も甘やかしてくれないし、自分のことは自分でしなくてはならなくなるわ。むしろ、優しい言葉をかけてくる人には警戒するくらいでないとだめよ」

「別人になんて、なれるかしら……」

「なれなくてもなるの。そのためにも過去はすべて、この場所に置いていきなさい」

　静かな声と眼差しは、グレイスの戸惑《とまど》いをすべて見透かしているようだった。

　たぶんマーガレットは、グレイスが窓の外に誰を探していたかもお見通しなのだろう。

　言葉には出さないけれど、「諦めなさい」と彼女は言っているのだ。

「私たちからすべてを奪ったあの家族のように、王都には下劣《げれつ》な人間がたくさんいるわ。そういう人たちと、私たちは二人きりでやり合っていかなくてはならないのよ」

「でも悪い人たちが寄ってくるほど価値のあるものは、もう持ってないわ」

　大好きだったお屋敷も、優しい使用人たちも、グレイスたちが暮らすのに必要なお金も、今はもうない。

それを奪われたときのこと、そしてそのきっかけになった両親の死のことを思い出すたび、グレイスは胸が苦しくなり今でも胃の奥がきりきり痛むのに、それ以上つらいことがあるなんて信じたくなかった。

「それでもなお、奪おうとする人はいるわ。そしてこれからは自分で身を守らないといけないの」

だから……と、マーガレットはグレイスと繋《つな》いだ手にまた力を込めた。

「これからは、誰のことも信じてはいけないわ。唯一心を許していいのは、私だけよ」

真剣な声に、グレイスは慌てて頷《うなず》いた。

「うん。信じるのは、おばあさまだけ」

「何度も言うようだけれど、特にあなたに優しくしてくれる人には用心深くなりなさい。あの男も、そうやってあなたのお父さまに近づいて、最後は裏切ったんだから」

「でも、友達は？　友達はみんな優しいわ」

「その優しさが本物か、グレイスには判断できる？」

その質問に、グレイスは答えることができなかった。そもそもグレイスは、友人がたった一人しかいない。その親友も、見送りには来てくれない。

そう考えると、グレイスはマーガレットに頷くことはできない。

「たぶん、判断できない」

「それなら、友達も信じてはだめよ。むしろ、友達なんてつくらない方がいいわね」

絶対に、と繰り返され、グレイスは戸惑いをぐっと呑《の》み込む。

でもやはり、友達がまるでいないのはひどく寂しい気がして、グレイスの心はしおれかける。

(あっ、でも……)

グレイスは自分にはまだもう一人、信じられる存在がいることを思い出した。

「エリックはお友達でもいい？」

「男の子の友達はもっとだめよ」

「違うの、エリックは男の子だけど違うの」

言いながら、グレイスは後生《ごしょう》大事に抱えていたサボテンを差し出す。

「これが、エリック」

「植物…よね？」

「エリックはサボテンよ。カーティスが去年のお誕生日にくれたの！」

これが親友からの最後の誕生日プレゼントになるなんてあのときは思わなかったけれど、もらったときから既《すで》にエリックは特別な存在だった。

でも今は、あのときよりもっと、グレイスにとってはなくてはならない存在だ。

「エリックは、裏切らないし大丈夫よね」

「……まあ、植物だからいいかしら」

「それにね！」

グレイスはぱっと顔を上げ、それから少し声を潜《ひそ》める。

「おばあさまだから話すけど、エリックには秘密があるの」

本当は誰よりも先に親友に打ち明けたいことだったけれど、彼が現れる気配はなく、友達を二度とつくれないならばと、グレイスはマーガレットにそっと耳打ちをする。

「エリックはね、実はサボテン王国の王子さまで、いつか人間になって私を幸せにしてくれるんだって」

この秘密を聞けば、きっとマーガレットは「すごいわね！」と喜んでくれる気がした。けれどウキウキしながら彼女を見れば、そこにあったのはどこか不安そうな顔である。

「もしかして、信じてないの？」

「い、いいえ……」

今にも泣きそうに歪《ゆが》んだグレイスの顔を見て、マーガレットは慌てて首を横に振る。

いつものマーガレットらしからぬ寂しげな口調で「そんなことないわ」と告げてから、彼女はグレイスの頭を撫でた。

「信じるわ、でもどうしてその…エリックはしゃべったのかしら？」

「私にもわからないの。でもお父さまとお母さまが亡くなった後にすぐ、エリックが突然しゃべりだしてね、『僕が幸せにする』って約束してくれたの」

だから自分は元気になれたのだと嬉しそうに言う孫娘の姿に、表情を曇《くも》らせたマーガレットだったが、もちろん当の本人はそれに気づかない。

「それは、なによりだけれど……」

「ねえおばあさま、エリックならお友達のままでもいいでしょう？　棘《とげ》はあるけれど、すごく良いサボテンなの！」

目の前のサボテンを見て、マーガレットは小さなため息をつく。

「まあ、多少変な方が悪い虫も付かないかしら」

「虫は付かないわ！　私、エリックのお手入れは欠かさないもの！」

だって虫食いの王子さまなんてかっこ悪いと胸を張るグレイスに、マーガレットはもう一度、今度は先ほどより大きなため息を重ねる。

「いいわ。そのサボテンは許します」

「ありがとうおばあさま」

笑顔でマーガレットをぎゅっと抱きしめてから、グレイスはエリックに「よかったわね」と語りかける。

そんなグレイスをマーガレットが不安に感じていることなど知りもせず、グレイスは寂しさを紛らわすようにエリックに語りかける。

そうしているうちに出発の時間がきて、汽車は汽笛を鳴らしながら、ゆっくりとルーベルング駅のホームから滑《すべ》り出す。

最後まで親友の姿は見つけられなかったけれど、窓ガラスに映る自分とエリックの姿を見て、グレイスは寂しさを胸の奥にしまいこんだ。

(私にはエリックとおばあさまがいる。それだけでじゅうぶん)

そう思いながらきつくエリックを抱きしめ目を閉じたとき、不意に聞き覚えのある声がかすかに聞こえた気がした。

――グレイス。

汽笛のせいで、かすかにしか聞こえなかったけれど、それは以前グレイスを励ましてくれたエリックの声に似ていた。

高すぎず低すぎない、少しかすれた中性的で不思議なその声に、グレイスの胸は大きく跳《は》ねる。

――いつか、僕が必ず幸せにするから。

その言葉に慌てて鉢植えを見るが、彼はまた物言わぬサボテンに戻っていた。

でも今聞いた言葉は夢とは思えなくて、グレイスは隣に座る祖母を仰《あお》ぎ見た。

けれど彼女は既に眠ってしまっているのか、エリックの声に気づいた様子はない。

(でも、今のは絶対エリックだった)

両親を亡くしてすぐ、屋敷の裏庭で泣いていたグレイスを励ましてくれたのは、さっきの声だった。

——今は無理だけど、いつか僕が君を幸せにする。だから二人で、悲しみのない国へ行こう。

喪失《そうしつ》を癒《い》やす温かい声で、エリックはそう言ってくれたのだ。

あの言葉があれば、グレイスはもう何もいらない。

厚《あつ》い雲に覆《おお》われた空の下、走り出す列車にはまだ光が差さないけれど、いつかきっと物事は良い方に転がるだろう。

その幸運をもたらしてくれるのは、きっと腕の中の王子さまに違いないと考えながら、グレイスはエリックに微笑んだ。

第一章

ハーツマリンカンパニーには、可憐《かれん》な花ばかりを集めた美しい園がある。

そんな噂につられた若い男たちがつめかけるのは、イグリード国最大にして世界有数の海運会社である、ハーツマリンカンパニーの第五オフィスであった。

イグリード国の王都ロンデリオンの西の外れ、イディル海の玄関口と言われるグランド桟橋《さんばし》のすぐ側にあるオフィスは、ハーツマリンカンパニーが所持する七つの建物の中でも一番古い、赤煉瓦《あかれんが》造りの倉庫を改装して造られたものである。

中で働くのは、様々な事情から労働階級となった元貴族の令嬢が多く、彼女たちは貴族時代に身につけた知識を用いて、日々事務仕事に精を出していた。

時代が進み、女性でも働くことがあたりまえになった昨今だが、電話の交換局を除けば、事務職としてこれほど多くの女性たちが肩を並べ、また優雅に仕事をしている場所はなかなかない。

その様子は花園にたとえても申し分ないものであったが、今日はとある事情から、その美しさにひときわ磨《みが》きがかかっている。

「そろそろ、社長がいらっしゃる時間よね？」

働く女性たちの中でも、特に若い娘たちがそわそわと落ち着かないのは、ハーツマリンカンパニーの社長、イゼルド＝Ｃ＝ハーツが今日視察に訪れるからである。

ハーツ社長は、時折新聞にも写真がのる二十五歳の若き実業家で、社交界でも人気の高い、美しい青年だという。

となれば、ひと目見たい、あわよくば彼の目に留《と》まりたいと願うのが女心というもので、休日を取りやめて事務所に来る者もいるくらいの賑《にぎ》わいである。

そしてそんな女性たちを見るために、近くの港で働く男たちまでもが事務室の窓に張り付いているありさまであった。

けれどそんな中、事務員のグレイスだけは、周りの盛り上がりなどどこ吹く風だった。

女性たちがまだ見ぬ社長の姿に思いを馳《は》せ、男たちがそんな女性たちに鼻の下を伸ばしている状況の中で、彼女だけはまったく見当違いのものに目を輝かせているのである。

「ああ、今日も素敵よエリック」

事務室の一番奥から零《こぼ》れたグレイスの声に、周りにいた女性たちが夢から覚めたように目を見開く。

彼女たちの目に飛び込んできたのは、事務所の隅《すみ》で小さな鉢植えにうっとりと話しかけるグレイスの姿だった。

「グレイス、今日はちゃんと静かにしていなさいよ」

「私たちまで変人だと思われたらたまらないわ！」

四方から集中砲火《ほうか》を浴びて、グレイスははっとして顔を上げる。

鉢植えに話しかけるという奇妙な行動とは裏腹に、ごめんなさいと言うグレイスはひどく美しい。

艶《つや》やかな金糸の髪は貧しい生活の足しにと売ってしまったため短いが、儚《はかな》げな面立ちと、澄んだ青い瞳は異性どころか同性の目も惹《ひ》きつける美しさである。

リボンのついたブラウスと、汚れの目立つベストとロングスカートだけを纏った質素な装いはひどく貧乏《びんぼう》くさいのに、愛らしい顔のおかげでそれがちっともおかしく見えず、唯一浮いているのはその腕の中の鉢植えだけだろう。

本来であれば、女性ばかりの集団の中にいれば一番にひがまれ、いじめられそうな外見であるが、グレイスを取り囲む少女たちの表情も声も、咎《とが》めるというよりは心配していると言った方が正しい。

入社したばかりというのもあるが、やっかみを受けない最《さい》たる理由は、とんでもない悪《あく》

「いい加減直した方がいいわよ、植物に話しかけるその癖《くせ》」

グレイスと同い年くらいの少女がそう忠告すると、グレイスは困ったように笑う。

「ごめんなさい。口に出していないつもりなんだけど」

「いや、ダダ漏《も》れだから」

「漏れてるわよ」

「ここまで聞こえてるから！」

部屋の反対側に座る同僚からも指摘され、グレイスは小さく呻《うめ》く。

「小さい頃からずっと会話してるから、つい出ちゃうの」

「……会話？」

この子会話って言ったかしらと周りが少しざわついたが、グレイスは気に留める様子もない。

「でも今日は大丈夫。さすがにクビにはなりたくないし、こう見えてもほら、自分が頭のおかしい行き遅れって呼ばれてるのはちゃんとわかってるから」

安心してと言い切る彼女にむしろ周りは不安を覚えるが、グレイスの言葉に嘘はない。

確かに、タイプライターの横に置かれた鉢植えに始終話しかけているが、それがおかしいことだという自覚はグレイスにもちゃんとある。

この癖のせいで周りの女性たちから距離を置かれていることも、窓の外から中を窺《うかが》う男たちがグレイスとだけは目を合わせないようにしていることも知っているが、どちらも自分にとってその方が都合がいいからと、あえて放置してきたのだ。

なぜならグレイスは、祖母マーガレットの言いつけで、特定の誰かと親しくなることを禁じられているからだ。

それは、幼い頃に起きたとある『裏切り』が原因だった。

グレイスはもともと、この国の西にある緑豊かな領地を治める男爵家の令嬢だった。

その後、家族ぐるみで付き合いのあった隣の領地を治める貴族の策略で、一家は負債《ふさい》を抱えることになり、ついには家や領地さえも手放さなくてはならなくなったのだ。

両親が不幸な事故で亡くなり、残されたのは祖母とグレイスの二人きり。

イグリード国では女性に爵位の継承権《けいしょうけん》はなく、お金が底をついていたため、二人は生活していくために王都ロンデリオンまで出稼《でかせ》ぎにやってきたのである。

もう十二年も前のことではあるが、そのときの教訓から、祖母は以前にもまして人を信じなくなった。

優しさには裏があるというのがマーガレットの信条で、幼い頃からずっと、「自分以外に心を許してはいけない。友人をつくるなどもってのほかだ」と言われ続け、グレイスは友人をつくることを禁止されているのだ。

正直、グレイスは大人になった今でも、祖母のような極端な考え方には行き着けない。世の中には確かに悪い人もいるが、中にはいい人だっている。かつて自分と仲良くしてくれた友人のように裏表のない人だっていると、今でもグレイスはどこかで信じたいのだ。とはいえ祖母の言いつけは絶対だから、誰かと親しくなるわけにもいかない。

それを祖母は裏切りととるだろうし、唯一彼女が心を許せるのは自分だけだとわかっているから、グレイスはできるだけ彼女の気持ちを裏切りたくないと考えていたのだ。

そしてその結果、グレイスが行き着いたのは「人間じゃない友達なら良いだろう」という考えである。

つまり、鉢植えのエリック《サボテン》だ。

彼ならば自分を裏切らないし、なによりサボテンを愛するという行為は人と距離をとるのにちょうどいいのである。

突き抜けた変人さを隠さずにいると、周りの人を傷つけずにいられると気づいたのは、九歳の頃。

小さな頃は「あなたとは友達になれない」と率直に言ってしまい、険悪《けんあく》な雰囲気になっていたが、「私の友達はサボテンなの！」と断言し、エリックに話しかける姿を見せれば、たいていの場合、周りの方から勝手に離れていく。

悪い人はともかく、善意で自分に近づいてくる人を傷つけたくないと考えていたグレイスにとって、エリックへの愛情を声高《こわだか》に叫ぶ作戦は非常に都合が良かったため、二十歳になる今でも、同じ方法で人と距離をとっているのだ。

そのせいで完全に行き遅れ、祖母ですら「もうちょっとは普通にしなさい」と言ってくるくらいだが、実際グレイスにとってエリックは特別な存在だし、彼がいればほかには何もいらないと思っている。

そもそも、長年サボテンに語りかけ続けた癖はそう簡単に直せるものではない。

それでも祖母が心配するので、新しいこの職場では気をつけようと思っていたが、もう既に失敗ばかりを繰り返している。

（でも、それでいいのかも……）

社長の目に留まろうとして牽制《けんせい》し合う心の狭《せま》さはあるが、ここにいる女性の多くは自分同様仕方のない事情で財産や爵位を奪われた者たちばかりだ。

同じ苦労を味わった身だから、今までの職場で出会った子たちより優しいし、話だって合う。

だから気を抜くと、グレイスはみんなと仲良くなりたいと思ってしまうから、サボテンへの愛情をあえて隠さず、いずれ自分に興味をなくしていくのを待つ方が気楽なのだ。

「だけど、さすがに今日は勤務中のおしゃべりはやめようねエリック。あなたと話せないのはつらいけど、クビになったらさすがに困るもの」

なにせ今日やってくるのは会社の社長である。

噂では温厚な青年で、自分たちのような女性を雇《やと》ってくれる慈善《じぜん》家であることもわかっているが、だからといって植物と話す女にまでいい顔をしてくれるとは限らない。

今いる事務員の中で一番タイプが早く、上司からも重宝がられているグレイスではあるが、それを帳消しにしてしまうほどの変人だというのが周りの評価だ。

「そうだグレイス、できたらあんまり顔は上げないで。あんた外見だけは良いから、社長に見初《みそ》められたら困る」

そんなせせこましい台詞《セリフ》を言われたが、グレイスは気を悪くするでもなく、笑顔で頷いた。

むしろその笑顔がまったく曇らないからこそ、周りもずけずけと物が言えるのだろう。

そして長年の変人生活に慣れたグレイスにとっては、無視されるよりも、こうしてあからさまに牽制をされた方が嬉しいくらいなのだ。

「安心して。私いつも、エリックかタイプライターか書類しか見てないから」

その中でも主にエリックしか見ていないから顔を上げたりはしないわ、と断言するグレイスにある種の安心感を覚えたのか、少女たちはひとまず納得して自分の机へと戻っていく。

そんな中、率先してグレイスに話しかけていた少女だけが、一人彼女の前に残った。

「グレイスって、ホント変ね」

しみじみと零され、それでもグレイスは笑顔でそれを受け入れる。

「よく言われるわ」

「自覚があるのに、どうして直さないの？」

「直す必要がないから」

「大アリだと思うけど」

指摘されても、グレイスはやはり困ったように微笑むばかりだった。

「そんなんじゃ友達も恋人もできないわよ」

「いいの、私はエリックがいるし」

「それ本気なの？」

「ええ、だってエリックは私の王子さまだから」

「もう一回聞くけど、それ本気なの？」

「きっと、ハーツ社長より素敵よ？」

ハーツ社長の方は見たことないけど、とグレイスが告げると、タイミングよく当の本人が現れたらしい。

窓に張り付いていた男たちが警備員によって散らされ、代わりに一台の立派な馬車が事務所の前に止まる。

それから程なくして、事務所の上司と共に数人の男が部屋へと入ってくると、とたんにうっとりとしたため息が部屋のあちこちから聞こえた。

それに合わせてグレイスは慌てて頭を下げたが、視界の隅に入った一団の中で誰がハーツ社長であるかはすぐにわかった。

ひと目見ただけで強く印象に残る、美しい青年が一人いたからだ。

仕立ての良いフロックコートを身に纏った青年は、審美眼《しんびがん》に難のあるグレイスが見てもかっこいいと思うほど、涼《すず》やかで整った目鼻立ちをしていた。

整えられた黒髪は彼の凛々《りり》しさを強調していたし、背が高くすらりとした体格はいかにも女性に人気がありそうで、ちらりと周囲を窺えば、女性たちの視線はすべて彼に向いている。

(でもやっぱり、エリックの方が素敵よね)

けれどそこに加わらないのが、グレイスである。

周りの女性たちの目がハーツ社長に釘付《くぎ》けになる中、グレイスが微笑みを浮かべるのは手元の親友ただ一人なのである。

(それにエリックが人間の男性だったら、きっともっと素敵に微笑むわ)

だが珍しく、いつもはエリックのことしか考えていないグレイスの頭に、ある少年の顔が浮かんだ。

それは、もう長いこと会っていない友人の顔だった。

故郷を離れたとき、唯一会えなくなるのが寂しいと思ったその友人は、グレイスにとっては素敵な紳士《しんし》の代表だ。

とはいえ、その容姿は女性を虜《とりこ》にするハーツ社長とは真逆のものである。

記憶に残るその顔は、皮膚の病によって赤く爛《ただ》れ、家族からも醜《みにく》いと言われるものだった。

本人もそれをひどく気にしていたのを覚えているが、グレイスから見たらちっとも不細工《ぶさいく》には見えなかったし、むしろ凹凸《おうとつ》のある彼の肌はサボテンと似ていて愛らしいとまで思ったくらいだ。

それを素直に告げたら、彼は大変喜び、グレイスが今まで見た中で一番素敵な笑顔を見せてくれた。

だから、顔が良い青年社長が愛想笑いをふりまいていても、グレイスの心はちっとも動かないだろう。

そしてそんなグレイスに見つめられても社長はきっと嬉しくないに違いないと考えて、彼女はエリックへと視線を戻す。

それから、仕事が手につかない同僚たちに代わり、タイプの依頼があった書類を手にとる。

手元とエリックを交互に見ながらにやけ顔で仕事をしていると、不意に、上司の癖の強い文字の上に、黒い影が下りた。

「ずいぶんタイプが速いんですね」

続いて降ってきた低い美声に顔を上げると、美しい緑の瞳がグレイスをじっと見つめていた。

宝石を思わせる澄んだ瞳に視線が吸い寄せられる。

なぜか一瞬、あの友人の瞳と重なった。

悩み多き友人の瞳にはいつも影が差していて、煌《きら》めきを帯びたそれとは真逆なのにと不思議に思ったところで、グレイスははたと気がついた。

「仕事の手を止めてしまってすみません」

そう言って微笑むのは、あろうことかハーツ社長だったのだ。

同時に、顔を上げるなと言われていたことを思い出してはっとしたが、声をかけられては無視することもできない。

「えっと、何かご用でしょうか?」

混乱しながらもなんとか声を絞り出すと、ハーツ社長はわずかに瞳を見開き、それからどこか落胆《らくたん》するように視線を下げた。

傷ついたようにも見えるその顔に、グレイスは自分は何か失礼なことをしただろうかと

慌てて姿勢を正す。

（にやけ顔は引っ込めたつもりだけど、見られてしまったかしら）

でもそうだとしたら、彼の今の表情には少し違和感がある。

グレイスがサボテンに向ける熱を帯びた表情を見た人の反応は、たいていが驚くか引くかであるからだ。

「あの……」

ひとまずここは謝っておこうと、グレイスは改めてハーツ社長を仰ぎ見る。

そのまま席を立とうと椅子に手をかけたところで、ハーツ社長がそれを押しとどめるようにグレイスの肩に手を置いた。

「そのままで大丈夫です。ただ、あなたの仕事ぶりを近くで拝見したかっただけなので」

いつの間にか落胆の表情は消え、代わりに人当たりの良さそうな笑顔がグレイスに向けられている。

間近で見る笑顔は眩《まぶ》しいほど美しく、普段はサボテンにしか見とれないグレイスでさえ息を呑んで見つめてしまう。

「とても綺麗な指使いでしたが、事務仕事は長いのですか？」

「いえ、こちらの会社が初めてです」

質問されたことに驚きつつ答えると、グレイスの返答を補足するように、ハーツ社長の側に控えていた上司が、グレイスがまだ入社して二週間目であることを告げる。

すると、ハーツ社長は形のいい指を顎《あご》に当て、感心するように頷いた。

そのささやかな仕草にさえ優美さが溢れ、周りの女性たちの目がハーツ社長に釘付けになっているのをグレイスは感じる。

そんなハーツ社長のそばにいることにグレイスは居心地の悪さを感じていたが、彼が自分の机の前から離れる気配はない。

「以前は、どこでどんな仕事を？」

「一番長かったのは、お針子として勤めていた服の工場です。そのほかにも、近所の商店の手伝いや、電話の交換手を経てこちらに参りました」

王都に出てきてすぐに祖母が始めた下宿屋を手伝いながら、グレイスは今まで数え切れないほどたくさんの仕事をこなしてきた。

どれも賃金が低いので、多いときは三つかけ持ちをしていたこともある。

今は下宿屋が軌道に乗り、運良く待遇のいいハーツマリンカンパニーでの仕事を見つけられたが、ここをクビになればまた睡眠時間を削る日々に逆戻りになりかねないので、グレイスは努めて礼儀正しく、自分の職歴をハーツ社長に述べた。

「だいぶ苦労をされたようですね」

「人並みです。私より、もっと苦労している子はたくさんいますし」

貧しいながらも、自分の身体を売らずに済むだけ自分は幸運だと、グレイスは日頃から思っている。

またそれは、持ち前の社交術で人脈をつくり、仕事を見つけてきてくれる祖母マーガレットのおかげだとわかっているから、彼女には感謝してもしきれない。

「それに、ハーツ社長に雇っていただけたことが何より幸運です」

クビにならないよう、少しでも好印象を与えておこうとさりげなくお世辞と笑顔をふりまくと、社長もまた穏やかな笑顔を返してくれる。

それを見たグレイスは、とりあえず危機は脱したらしいと胸を撫《な》で下ろす。

「サボテンを抱えながら、そんなにさわやかな笑顔を向けられたのは初めてです」

だがどうやら無意識のうちに、グレイスは手元のエリックを抱き寄せていたらしい。

これではさすがに格好がつかないと慌ててエリックを机に戻したところで、グレイスははたと気がついた。

「サボテン、ご存じなんですか？」

思わず聞き返してしまったのは、サボテンがこの国では大変珍しい植物だからである。

鉢植えのエリックを見て、大半の人は少し変わった「植物」としか言わない。むしろ棘のある外見から、何かの動物だと思う者までいるくらいだ。

だからこうして「サボテン」と名称を口にする人は本当に希《まれ》で、そんな人に会うたびグレイスはうっかり鼻息を荒くしてしまうのだ。

「西のアケオニア大陸には仕事でよく行くので、時折見かけますよ。ただ、この国でそれほど立派に育ったサボテンを見るのは初めてです」

「これでも種類的には小さい方なんですよ。だからいつか、もっと大きなサボテンも育ててみたいんですけど、ロンデリオンにはなかなか入ってこなくて」

「確かに、このあたりではなかなか見かけませんよね」

「そもそも乾燥地帯が多い大陸と違って、イグリード国は雨と霧が多いのですごく育ちにくいですし、私も子供の頃、父にもらったものは一度枯《か》らしてしまって……」

「それはおつらい経験をしましたね」

「だからエリックだけは絶対枯らさないように、いろいろと勉強したんです！　それにいつも一緒にいたいから、雨除《あまよ》けの袋もつくってみたり、健康には大変気を使っているんですよ！」

熱く語ってしまってから、グレイスはあっと息を呑む。

自分がしゃべりすぎたことに気づいたがもう遅い。

上司を含めた同僚たちはぽかんと口を開き、室内の雰囲気はなんとも言えない微妙なものになっている。

けれど、そんな中でただ一人、ハーツ社長だけは笑みを絶やさなかった。

「エリックって言うんですね。凛々しくて、素敵な名前だ」

「でしょう！」

ここでもうっかり前のめりになるグレイスに、ハーツ社長は嫌な顔一つしなかった。

それどころか、よくよく思い返せばグレイスの熱すぎる会話にも的確かつ丁寧な合いの手を入れていた気がする。

それは空耳ではなかったらしく、社長は穏やかな顔のままエリックに視線を落とした。

「でも、このあたりは海風が強いのでエリックには少しつらいのではないですか？」

「実はそれを心配していたんです。けれど、私が読んだ本には海風がサボテンに与える影響がのっていなくて……。だから様子を見ているんですけど」

「それなら、うちの本社の方に来ませんか？　あそこは内陸ですし、風の影響もそれほどありません」

さらりと言われた言葉に「いいんですか！」と頷きかけて、グレイスはようやく冷静になる。

「えっ、本社？」

尋ねたけれど、ハーツ社長はそれを無視してグレイスの上司に顔を向けた。

「彼女にするよ」

「いや、いやいやいや、いいんですかこれで！」

「いいも何も、素敵な子じゃないですか」

「今日はまだマシな方ですが、四六時中、鉢植えに話しかけてうっとりしている子ですよ？」

「仕事はできるんだろう？」

「ええまあ」

「では、彼女で」

どうやら自分に関係する話らしいというのはわかったが、置き去りにされたままのグレイスには、彼らが何について話しているのか理解できない。

口を挟めないまま仕方なく成り行きを見守っていると、なぜだか上司がグレイスの机に置かれたタイプライターを持ち上げる。

「あの、まだ仕事が……」

「これはほかの人に回す。それより、すぐに支度《したく》しなさい」

「支度ってどういうことですか？」

「今すぐ机を片づけるんだ」

私物は全部鞄《かばん》に入れろと告げられて、グレイスの顔は青ざめた。

「もしかして私クビですか？」

「クビになんてしませんよ。ただ、あなたは私と一緒に来てもらいます」

先ほどよりさらに煌めく笑顔を浮かべ、ハーツ社長はグレイスにそっと手をさしのべた。

その手をとるべきか悩んでいると、苦虫を噛《か》み潰《つぶ》したような顔で上司がグレイスを見遣《みや》る。

「おめでとうグレイス。あなたは今日から社長の秘書だ」

あまりに意外すぎる一言にグレイスはぽかんと開けた口を閉じることができず、周りの女性たちからは悲鳴にも似た声が上がったのだった。

＊　＊　＊

「ねえエリック、やっぱり私、騙《だま》されてるんじゃないかしら？　自分で言うのもなんだけど、私っていろいろと普通じゃないでしょう？　なのに社長秘書なんて、騙されてるか夢じゃなきゃ説明がつかないわよ」

「……騙されてるわけでも夢でもないから、あなたはいい加減現実を見て、その馬鹿げたおしゃべりを止めるべきだと思うわ」

「ふぐぬ……！」

慌てて口を手で押さえたけれど、やっぱり今日も彼女の癖は抜けていない。

それを気づかせたのは、小さな秘書室の奥からの淡々《たんたん》とした声だった。

「……ごめんなさい、私また声に出してた？」

机越しに部屋の奥を窺うと、数日前にグレイスと共に秘書室へ移動してきた少女の、冷え冷えとした眼差しとぶつかった。

「ねえあなた、それ本当はわざとやってるんじゃないの？　植物に話しかけるとか、ほんっと変よ」

「自覚はあるし、最初はわざとだったと思うんだけど、十二年も続けてるせいで、身体に染みついちゃって」

「八歳からそんななのね」

「うん、こんななの」

「ある意味すごいわね。私も普通じゃないってよく言われるけど、あなたには勝てないわ」

そう言って頬杖《ほおづえ》をつく少女ナターシャは愛らしい顔立ちをしている。だが、二人で仕事を始めてしばらくして、その表情が一度たりとも笑みをつくらないことにグレイスは気づいた。

すぐに気づかなかったのは、今まで周りと仲良くしないようにあえて同僚の顔を見ないようにしてきたせいである。

しかし新しく配属された秘書室では一日の大半を二人きりで過ごす上、わずかな距離はあるが机も向かい合わせなので嫌でも相手の動きが目に入る。

そうすれば自然と相手を観察することになり、声を掛け合う機会が増え、グレイスはナターシャの違和感に気づいたのだ。

彼女は、どんなときでも笑わない。

というか感情が顔に出ず、常にどこか冷たい眼差しを周囲に向けていた。

最初はグレイスを警戒して冷たい態度をとっているのかと思ったけれど、彼女はグレイスだけでなく社長を含めて誰と会っても表情を変えないのだ。

グレイスたちに仕事を教えにきてくれるリカルド副社長が「もう少し愛想をよくしろ」と言っても、彼女は「無理です」「笑えないと最初に申し上げたはずです」「笑顔が必要ならクビにしてください」と頑《かたく》なで、いつしか来客の応対はグレイスの仕事になっている。

正直自分以上に変人かもしれないと、行き過ぎたサボテン愛を棚に上げて思ってしまうくらいだけれど、きっと、ナターシャもグレイスに同じことを思っているに違いない。

「………まあでも、あなたの気持ちはわからないでもないけれど」

「ナターシャも、やっぱり変だって思う？」

「普通は思うわよ」

「そうよね、秘書が欲しいならもっと普通の女の子にすればいいのにね」

それに……と、グレイスは手にした書類に目を落とす。

「秘書が必要と言うわりには暇《ひま》すぎるわよね。電話をとったり、書類をいくつかタイプしたりするだけなら一人でもじゅうぶんなのに。よりにもよって配属されたのは変人二人だし」

一応肩書き上は、グレイスがハーツ社長の秘書で、ナターシャが副社長であるリカルド氏の秘書ということにはなっている。

ハーツマリンカンパニーでは近々大規模な業務拡大を予定していて、社長および副社長の負担を減らすために、二人は秘書としてこの本社に配属されたのだ。

けれど実際は、ハーツ社長の秘書業務のほとんどをリカルド副社長が担当しており、任せてもらえる仕事はとても少ない。

「変人でも、二人あわせたらまともになるかもって、社長はお考えなのかしら」

自虐《じぎゃく》的な言葉を漏らすと、今度はナターシャがそれは違うわと首を横に振る。

「変人二人をあわせても、まともになるどころか変人具合が増すだけだと思う」

ナターシャの的確な突っ込みにグレイスは思わず感心してしまう。

でもそんなナターシャの言葉を聞いていると、一方で彼女が秘書になった理由がなんとなくわかる。

ナターシャの上司であり、ハーツ社長の右腕であるリカルド副社長はナターシャに負けず劣《おと》らず無愛想かつ無口な御仁《ごじん》で、その雰囲気はナターシャにそっくりなのだ。

そんなリカルド副社長とハーツ社長は、性格こそ真逆だが大変仲が良い。彼の寡黙《かもく》さと時折見せる鋭い指摘を、ハーツ社長は好んでいるようなのだ。

それを思えば、ハーツ社長がリカルド副社長と似た雰囲気を持つナターシャを側に置きたがるのも、なんとなくわかる気がする。

(でも、私はどうなんだろう……)

話し相手は人間ではないが、グレイスはどちらかといえばおしゃべりな方だ。

無駄に表情が豊かで、それがエリックに向いているものだから気味が悪いともよく言われている。

つまりグレイスの性格はナターシャとは真逆で、彼女のような女性を好むのだとしたら、真っ先にはねられるに違いない。

「エリック、私そのうちクビになったりしないかしら。ナターシャのように寡黙でいられないし、リカルドさんみたいな強面《こわもて》ってわけじゃないし」

「……寡黙じゃない自覚があるなら、いい加減気持ちを心の声で表現することを覚えて」

「うっ、またやった……」

鋭い指摘に、グレイスはまたしても口を塞ぐが、漏れてしまった声は消せない。

(これでも、前より減ったんだけど……)

今度は言葉を心のうちに抑え込めたが、エリックに相談したいと思ったことはどうしてもつい口から出てしまう。

「相談は、心の中でするわ」

「そもそも、植物に相談するのもどうかと思う」

容赦なく、ナターシャはグレイスの言葉を否定していく。

笑顔がないので少し怖いくらいだが、なぜだか不思議と、グレイスは彼女との会話が苦にならない。

むしろちょっとだけ、楽しいと思うこともあるくらいだ。

(そういえば私、エリックやおばあさま以外とこんなに長く話すのって久しぶりかも)

万が一にでも仲良くなってはいけないからと、グレイスはずっと人とは距離を置いてきた。けれど、心のどこかでは、同じ年頃の女の子とたわいないおしゃべりをしてみたかったのだ。

正確に言えばナターシャの方が三つ年下だが、凛としたたたずまいと大人びた雰囲気のせいか、彼女の方が年上に感じられるくらいで、彼女と話していると、それがたとえ自分に対する容赦ない発言だとしても、グレイスの心は喜びに震え、人とのやりとりが楽しいものだったと、つい思い出してしまう。

「ずいぶん、打ち解けてきましたね」

会話に割り込むようにして突然かけられた声にはっとする。

急いで顔を上げると、社長室からハーツ社長が顔を出していた。

外出するのか、その手にはステッキが握られていて、上質なコートを纏った彼は何よりもまずグレイスのもとへとやってくる。

「エリックの様子はどうですか？　港にいたときより、だいぶみずみずしく見えますが」

「はい、おかげさまで元気です。たぶんエリックも社長に感謝していると思います」

「それは光栄だ」

目を細めるハーツ社長と言葉を重ねるたび、わくわくしてしまう自分に気づいて、グレイスは少し恥ずかしくなる。

（ナターシャもそうだけど、社長を前にすると、ついおばあさまの言葉を忘れそうになる）

サボテンが絡むと自制がきかなくなるグレイスの性質を見抜いているかのように、ハーツ社長は必ずエリックを絡めた会話を投げてくる。

それについ乗っかってしまい、失礼で変人的な言葉をグレイスは繰り返してしまうのだ。

ハーツ社長は毎日忙しく、顔を合わせる時間も短いからまだいいが、これが長時間になったら、グレイスはナターシャとの会話以上に彼との会話を楽しんでしまう気がして少し怖い。

「そろそろお昼ですが、良かったらご一緒にどうですか？」

その上彼は、ほぼ毎日のようにグレイスにそんな誘いをかけてくる。

「お気遣いはありがたいですが、エリックを一人置いていけないし、今日はサンドイッチも持ってきているので」

「それなら来週は、おいしいサンドイッチが食べられる店を予約しておきましょう。もちろん、エリックさんも同伴できる場所で」

するすると出てくる誘い言葉にグレイスは戸惑うが、ハーツ社長の笑顔は曇らない。

どうして自分にかまうのかと不思議になるが、それを尋ねたところで「植物を愛することは、素敵なことだと私は思いますけど」と笑顔で返してくるに違いない。

実際この五日、グレイスは自分にかまわないようにとハーツ社長にそれとなく告げているが、彼の善意と笑顔が崩れる気配はない。

「すごく素敵な人だけど、ある意味強敵よね」

「あなたから褒《ほ》め言葉をいただけるなんて感激です」

「ふぅぐっ！」

慌てて口を手で押さえるが、もちろん遅い。

「そんな素敵な感想をいただけるなんて、エリックさんに感謝ですね」

美しい笑みを残し、ハーツ社長は遅れて出てきたリカルド副社長を連れて昼食に出かけていく。

それを引きつった顔で見送った後、グレイスはエリックの鉢植えを抱き寄せ、小さく呻いた。

「エリック、すごく寂しいけど私たち少し距離をとりましょう。そうじゃないと、私どんどん墓穴《ぼけつ》を掘っちゃいそう」

「ならまず、そのサボテンを家に置いたまま出社してみたら?」

「それは無理……」

「じゃあ、無駄なことはやめた方が良いと思う」

部屋の反対側から投げかけられた指摘に、グレイスは返す言葉もなかった。

第二章

一日の仕事を終え、グレイスは夕暮れに染まるロンデリオンの大通りを一人歩いていた。

故郷と比べると空気も悪く騒がしい街だけれど、グレイスはこの喧騒《けんそう》が嫌いでなく、街を歩くときは少し足が軽くなる。

もちろん故郷のことを忘れたわけではないし、仕事に疲れて帰路につく日は、穏やかだった幼少時代を懐かしく思い出すこともある。

グレイスの曾祖父《そうそふ》の代に建てられた立派な石造りのお屋敷や、どこまでも続く牧草地、そこで草を食《は》む動物たちと、それを世話する気さくな領民たち。

牧歌《ぼっか》的なルーベルング領の風景とその中で過ごした日々は、グレイスの心を癒やしてくれる大切な思い出だ。

家と両親を失った悲しい記憶も一緒に思い出してしまうから、胸の奥にしまっていたこともあるけれど、十二年という長い年月は過去の痛みを風化させ、今では穏やかな気持ちで過去を見つめることができる。

「そういえばね、私最近よく彼のことを思い出すの」

腕の中のエリックに微笑みかけながら、グレイスは小声でこぼす。

「私のサボテン談義によく付き合ってくれたところがハーツ社長と似ているからだと思うけど、彼と二人であなたを眺めた頃を懐かしく思い出すことが多くて」

外見はちっとも似ていないけれど、サボテンにばかり愛情を注ぐグレイスを笑うことなく受け入れてくれた幼なじみのことが、近頃よく頭によぎるのだ。

「今頃、彼も素敵な紳士になっているのかしら」

万人受けする容姿ではなかったが、彼はとても優しい青年だった。

それに彼の実家は裕福な伯爵家で、今はグレイスの家がもともと所有していた領地と鉱山も所有している。

ここ数年、革命とも言える工業技術の革新により、イグリード国では、貴族よりも鉄工業の会社を営む企業家の方が富と権力を持つようになり始めたけれど、鉱山を持っていたり投資ができるほどの財力を持つ貴族はまだ強い。

そのどちらも持っている彼の家ならば、嫁《とつ》ぎたいと思う女性はたくさんいるだろう。

「もう結婚してたりするのかな……。それどころか、子供がいたりとか」

言葉にするとなぜだか少し頬が引きつってしまう。

もう十二年も会っていないのに、未だ彼の存在が特別なのだと、グレイスはぴくぴくする頬に指を当て、自覚した。

彼に抱いていたのは友情だけだと思っていたけれど、もしかしたら少し違うものだったのかもしれないと最近思うのは、ハーツ社長が側にいるせいで異性というものを強く意識してしまっているからかもしれない。

「こんなことを今更考えるなんて、変よね……。それもこれも、カーティスに似た社長のせいよ」

久方ぶりに友の名を口にしたとき、突然グレイスの肩が叩かれる。

「何が、私のせいなんですか？」

それに驚いて歩みを止めた瞬間、彼女を追い越したのはなんとハーツ社長で、グレイスは息を呑む。

「どうしてここに!?」

「前を歩いているのが見えたので、驚かせようと思って馬車を降りてこっそりつけてました」

「じゃあ、エリックとの会話も……」

「その続きは、是非馬車の中でしましょう。道を歩きながらだと、周りの人を驚かせてしまいますよ」

確かに、今もすれ違う人々が怪訝《けげん》そうにこちらを見ている。それがグレイスの『会話』のせいなのか、立派な装いのハーツ社長のせいなのかはわからなかったけれど。

「大丈夫です。いつものことですし」

「でも私に非があるような言葉が聞こえましたよ？」

「聞き間違いじゃ……」

「聞こえましたよ？」

あえて二度、それも笑顔で言い切られると、ごまかすことはできない気がしてくる。

「ごめんなさい。あれは言葉のあやで、社長が悪いとかそういうことでは」

「でも私は少し傷つきました。あなたには不快な思いをさせないように努めていたつもりだったので」

「ご、ごめんなさい……」

あまりに悲しげな顔と声で言うので、グレイスは慌ててエリック共々頭を下げる。

すると突然、社長の手がグレイスの腕を素早く摑んだ。

「だめです」

「えっ!?」

そのまま強引に腕を引かれ、少し先に停められていた馬車に乗せられてしまう。

気がついたときにはエリックを取り上げられ、代わりに柔らかいクッションを押しつけられていた。ハーツ社長はあまりに手際が良くて、抵抗する間もない。

「許さないので、今日は家まで送ります」

放心したまま隣を見れば、そこには先ほどの悲しげな顔とは打って変わってひどく楽しそうな笑顔がある。

本当に悲しんでいたなら、こうも簡単に表情を変えることなどできないだろう。

「さっきの、演技だったんですか？」

「さあ、どうでしょう？」

嘘をつかない人だと会社の皆が言っていたはずなのに、どう見ても、これはちょっとうさんくさい。

「エリック、この人意外に腹黒いのかも」

「あれ、今更気づきました？」

「ふぐぐ……」

「いちいち口を押さえなくても結構ですよ。言葉にしなくても、あなたの考えていることはだいたいわかりますから」

言いながら、ハーツ社長はその細い指でグレイスの頬をそっと撫でる。

「考えがいつもここに出ている」

「すみません」

「褒めているんです。社交界では隠し事の多い女性ばかりだから、あなたのような人は新《しん》鮮《せん》で、愛らしいと感じる」

どきりとする言葉に慌てて身を引き、今度は口だけでなく手で顔を隠すと、愉快《ゆかい》そうな笑い声が響く。

そういえば、微笑んでいるのはよく見かけるが彼が声を上げて笑うのは珍しいなと場違いなことを考えていると、顔を覆うグレイスの手にハーツ社長の指が絡んできた。

「顔を見せてくれないと、寂しい」

「そ、その母性本能に訴えかけてくる声も、演技ですか……？」

「正直自分でもわかりません」

顔から手を外されて視界が広がると、そこには少し寂しげな社長の顔があった。

愁《うれ》いを帯びたその顔は装っているようには見えないが、なぜだか少し油断できない気がした。

「私は紳士ですから、そう警戒しないで。あなたを家に送るだけです」

「別に、そういう警戒はしていません」

「すべきでしょう」

「だって、サボテンに話しかける女ですよ」

「それを魅力的に思う男だっている」

言いながら、ハーツ社長はグレイスと彼の間に置かれたサボテンに目を落とした。

「できるなら、エリックに成り代わりたいと思うくらいですよ？」

身を乗り出してきて、ハーツ社長の美しい顔がグレイスに迫る。

そのまま鼻がつきそうなほど近づいたというのに、グレイスはまだ状況が理解できず、目を瞬《またた》かせることしかできない。

「こういうときは、目を閉じるものですよ」

「あの、本気で……？」

「からかっているように見えますか？」

甘い声音を聞いて、ようやくグレイスの顔と心が乙女の装いを取り戻すが、こういうときにどう対処すべきかわかるほどの経験はない。

「ごめんなさい、私にはエリックが！」

「そうきますか」

「だってあの、エリックは私の王子さまで、信じてもらえないと思いますけど本当に王子で、いつか結婚するって約束してて！」

混乱のあまりまくし立てると、ふっと吐息が唇をかすめた。

「いや、実に面白い」

その吐息がキスの前触れではなく、ハーツ社長が笑いを堪えて噴き出したものだったと気づくと同時に、間近にあった彼の熱が遠ざかる。

「王子さまですか。それは確かになかなかの強敵ですね」

笑いを堪える顔には先ほど見せた甘さはなく、グレイスは彼にまたからかわれたのだと気づいた。

「ひ、ひどいです！　からかうなんて！」

誠実な紳士と評判だったが、どうやらそれは社長として接するときだけらしい。

その実体は初心《うぶ》な女をからかう悪魔なのだと一瞬思ったが、もちろんそれは口にできない。

代わりに恨めしい眼差しを向けていると、ハーツ社長は「心外ですね」とにっこり笑った。

「あなたに自覚を持っていただきたかっただけですよ。そんなに愛らしいのに、男は何もしないと思っている」

「でも現に、あなたは何もしなかったでしょう？」

「許可をいただけるなら、続けます」

「さ、サボテン王子に恋してる女ですよ」

「でも、さすがに本気で信じているわけではないですよね？」

目の奥を覗き込むようにして尋ねられ、グレイスは少し言葉に困る。

幼い頃は信じていたけれど、二十歳にもなれば、あれは夢だったのだとも思っている。

けれどこの年まで恋もせず、エリックに話しかけ続けたグレイスは、もしもの可能性をまだ捨てきれていなかった。

「信じているんですね」

「考えを読まないでください……」

「……純粋すぎて少し心配になります」

「だって、エリック以外に好きって言われたこともないし、本当に恋愛なんてよくわからないですし……」

「それなら、私が教えましょうか？」

向けられた笑顔に、グレイスは目を見開く。

「だ、だめです……。私は、友人も恋人もつくっちゃいけないので」

「誰が決めたんですか？」

「おばあさまに言いつけられているんです。昔、その、いろいろあって……」

「なるほど。ならば、おばあさまが許可を出せば可能というわけですね」

そういう問題でもないが、ハーツ社長の中ではそれで解決することになっているらしい。

「予定を変更します。あなたを送るついでに、おばあさまにご挨拶《あいさつ》に行きます」

「許可など絶対にするはずありません！　むしろ、頭から水をかけられて追い出されるかと！」

「お元気な方ですね。余計にお会いしたくなった」

のんきな言葉に不安を覚えながら、グレイスはハーツ社長をなんとか説得しようと試みる。

しかしどんなに説明しても彼の意思を変えることはできず、馬車は祖母マーガレットの下宿屋がある下町へ向かって行くのであった。


王都ロンデリオンは、街の中央にそびえ立つ大きな時計台の、そのすぐ側を流れるリルム川に分断されるようにして、北と南で地区が分かれている。

北側には巨大な王城を中心に、貴族たちが社交シーズンに使うタウンハウスや、ハーツマリンカンパニーなどの商社ビルディングが並ぶ新市街があり、南側は労働階級の人々が暮らす旧市街、通称『下町』が広がっていた。

道が綺麗に舗装《ほそう》され、背の高い建物が次々建てられている新市街と比べると、下町の建物は建国当時からある古い造りのものが多く、グレイスの祖母が営む下宿屋も、朽《く》ちたようにも見える小さな石造りの建物だった。

立派な馬車から降り、改めて下宿屋を見つめると、なんだかいつも以上に小さく見えて、それをハーツ社長と共に眺めているのが嘘のように思えてくる。

だがこれでも、祖母の下宿屋はこの界隈《かいわい》では一番大きく、そして繁盛《はんじょう》もしている。

最近では一階部分を改装し、ビアホールを造ったことで客足も増えているくらいだ。

現に今も開店まではまだ時間があるというのに、入り口には壮年の男性たちが多くつめかけ、そわそわと落ち着きなく店内の様子を窺っている。

「ずいぶん賑やかですね」

その様子にはハーツ社長も驚いたのか、馬車を降りるグレイスに手を貸しながら感心したように目を丸くする。

「おばあさま目当てのお客さんがたくさん来るんです」

孫のひいき目を抜きにしても、祖母のマーガレットは美しい。

貴族であったときの気品と淑《しと》やかさを失うことなく、かといって貧しさにただ泣くわけでもなく、彼女は持ち前の美しさを武器に強《した》かに下町を生き抜いてきた女傑《じょけつ》である。

「この下宿屋が儲《もう》かっているのも、おばあさまの美貌《びぼう》のおかげですし」

「美貌を武器にですか？　それはずいぶんと、面白い逸話《いつわ》がありそうだ」

社交辞令かとも思ったが、詳しく聞きたそうに微笑むハーツ社長に、グレイスは戸惑いながらもこの下町にやってきた当時のことを思い出す。

「もともとは私たちもこの下宿屋の客の一人だったんです。ロンデリオンに来た当初は家もなくて、野宿をしつつ借りられる家を探していたんですけど、独り身だった下宿屋の旦那さんがおばあさまに惚《ほ》れ込んで、住み込みで働かせてもらえることになって……」

「じゃあ、その方と結婚を？」

「いえ、旦那さんはその後すぐ病気で……。ただ家族もいないからと、おばあさまにこの宿を譲《ゆず》るって遺書を書いてくれたんです」

サボテン好きのグレイスをもかわいがってくれた優しい旦那さんは、マーガレットを心の底から愛し、宿を残してくれたのだと思う。ただ、そのことをやっかむ人もいて、当時マーガレットが余計な苦労を背負い込んだのも事実だ。

「病気の旦那さんに取り入ったとか、色仕掛けで宿を奪ったとか、当時はひどいことを言われたりもしましたけど……。でもいろいろあって、今は下町の女傑とか、下町の男爵夫人とか言われて慕《した》われてるんです」

そしてそうなるためにマーガレットはたゆまぬ努力をしてきたし、巧《たく》みな話術と、目的のためなら平気で嘘をつく図太さも大いに用いた。

多くの妬《ねた》みやひがみをやり過ごすために、マーガレットは『愛する人を奪われた悲劇の男爵夫人』という役を演じ、情に訴える迫真の演技で周りの見る目を変えさせ、今の地位を築いたのだ。

『人に同情してもらいたいなら、相手を立てることが重要よ。自分より弱い人間に縋《すが》りつかれて調子に乗る輩ほど、扱いやすい人はいないから』

裏では堂々とそう言いながら、マーガレットは弱者を演じることによって下町にとけ込んだ。

とはいえ、もともと強かな人なので、もちろんそのまま終わるわけではない。

十年という長い時間をかけて、マーガレットは徐々にこの下町での地位を上げ、かつての悪評など誰もが忘れてしまうほど多くの人に頼りにされている。

ただ本人は、頼られることはあっても誰かを頼ったりなど絶対にしないのだけれど。

「あの、やっぱりやめておきませんか？」

「ここまで来たんです、せめてご挨拶くらいしたい」

言うなり、めざとく裏口を見つけたハーツ社長はグレイスの手を引き、扉を開けた。

「あら」

そのまま裏口から続く厨房へ行くと、運悪くマーガレットはそこにいた。

質素なエプロンドレスに身を包んでいるが、今なお異性を惹きつける美しく整った顔立ちと品の良いたたずまいは、薄暗い厨房の中でも霞《かす》むことなく輝いている。

王都にやってきてからの十二年で、彼女の顔には皺《しわ》が刻まれ、若々しさこそなくなってしまったけれど、年相応の色気と日々の苦労によって身についた強さが、彼女をより美しく彩《いろど》っていた。

「あなたが男性を連れてくるなんて、明日は雪かしら？」

グレイスとは真逆の、長く結ったプラチナの髪を揺らしながら、マーガレットはふっと笑う。

それから彼女は、感情の読めない微笑みをたたえ、グレイスとハーツ社長を交互に見つめた。

「エリックどうしよう、こういう場合はどうすべきかしら？　とりあえず紹介？　それとも事情を洗いざらい話すべき？」

「紹介だと思うわよ」

「紹介でしょうねまずは」

前後から同時にかけられた声に、グレイスは慌てて口を押さえる。

その様子からグレイスが役に立たないと悟《さと》ったのか、ハーツ社長は恭《うやうや》しくマーガレットに近づくと、紳士らしく腰を折り、マーガレットも美しい笑顔でそれを迎えた。

「お久しぶりです」

しかし、二人のやりとりを見守る気だったグレイスは、ハーツ社長のその言葉に目を見開いた。

「あなたはお変わりなく美しい」

「あなたこそ、また一段と美しくなったわね。うちの孫も、あなたくらい綺麗になってくれればもらい手もあったろうに」

「グレイスはじゅうぶん美しいですよ」

急な褒め言葉にどぎまぎし、グレイスは二人の会話に入るタイミングを見事に逃す。

「それで、今日は孫を送ってきてくれた、ということかしら？」

「ええ。そろそろ次のステップに進みたいと思ったので」

さりげなくグレイスの腕を引き、ハーツ社長は自分の横に彼女を立たせる。

それから彼はグレイスの腰に腕を回すと、まるで恋人にするように彼女との距離を詰めた。

「ということで、結婚を許してくださいますね？」

「ケ、ケッコン⁉」

素《す》っ頓狂《とんきょう》な声を上げて、グレイスはハーツ社長を仰ぎ見る。

冗談だと思いたかったが、ハーツ社長の目は真剣そのもので、撤回《てっかい》の言葉もない。

マーガレットも驚く様子はなく、彼の言葉を受け入れているように見えた。

「まあ、約束だしね」

「ね、ねえ、どういうこと⁉」

再び声を裏返しながら今度はマーガレットを見るが、彼女は何も答えてくれない。

「ねえエリック、私、二人にからかわれているのかしら。騙されてる？」

試《ため》しにエリックの棘に指を当ててみるが、やはり痛い。

自分を見つめるマーガレットの呆れたような顔も、夢にしては現実味がありすぎる。

「騙されている……か。確かにそうですね、あなたはすっかり騙されています」

思わず強く棘に手を当ててしまい、ぷくりと血が浮き上がったグレイスの人差し指を手に取りながら、ハーツ社長は悪びれる様子もなく言う。

そのまま傷口を口に含まれ悲鳴を上げたグレイスを見て、うんざりした顔をしたのはマーガレットだ。

「自業自得ですよグレイス。いつも言っているでしょう？　自分に近づいてくる人には警戒して、よくよく観察しなさいって」

「言われてたけど、でも……」

「今あなたの指を舐《な》めてニコニコしている変態に、本当に見覚えはない？」

「……エリック、わかる？」

「サボテンに聞かないで、自分で考えなさい」

容赦のない突っ込みに、グレイスは改めてハーツ社長を見上げた。

そこでようやく指を放してくれたハーツ社長を見たけれど、やっぱりグレイスは記憶にない。

「私が唯一知っている美形は、脳内で創造したエリックの顔くらいだもの……。それも知っているとは言えないし、そもそも実在する人間で記憶に残るほど仲良くしてくれた人なんて……」

「ずいぶん寂しいことをおっしゃいますね。私は一瞬たりとも忘れたことなどなかったのに」

切なそうに眉尻を下げるハーツ社長に、グレイスは言葉を失う。

「ですがまあ、今回はその方が都合も良かったのでかまいません。それに、私もいろいろと変わったのは事実ですし」

変わったということは昔と容姿が違うのかもしれないと今更気づいたが、それならなおさらハーツ社長の正体に気づくわけがない。

「変わったって、どれくらい……？」

「すべてが、と言っても過言ではないでしょう。名前も、顔も、髪も、根暗で泣き虫で愚《ぐ》鈍《どん》な性格すら、十二年かけて矯正《きょうせい》しましたから」

根暗で泣き虫で愚鈍、のあたりでグレイスの脳裏にある名前がよぎったが、彼女は陸にあがった魚のように口をぱくぱくと開閉させるばかりで声が出ない。

なぜなら頭に浮かんだ名前は、グレイスにとって一番特別で、同時にハーツ社長とはあまりにかけ離れた人のものだったからだ。

「でも、すべてはあなたのためだったんですよグレイス。あなたを傷つけたすべてと決別し、今度こそあなたを幸せにするために、私は生まれ変わったんです」

真摯な言葉に続き、ハーツ社長はグレイスの前に膝をついた。

そして彼は懐《ふところ》を探り、グレイスがこれまで見たこともない大きなダイヤがついた指輪を取り出す。

「グレイス、私と結婚してください。あなたを幸せにするためだけに、私は今日まで生きてきたんです」

「……エリックどうしよう、何かとんでもないことになってる」

「あなたにとってはとんでもないことでも、私は大まじめです」

彼は、呆然として立ち尽くすグレイスの腕を優しくとると、彼女の左手の薬指に指輪をはめた。

指輪の冷たさを感じてもなお、グレイスは状況を理解できずにいたが、どうやら彼女以外はこの状況を受け入れているらしい。

「それで、引っ越しはいつにしようかしら？　私も年だし、そろそろお店を閉めてゆっくり余生を過ごしたいのだけれど」

当然のように彼の言葉を受け入れているマーガレットにグレイスが目を剝《む》くと、祖母は呆れたように肩を竦《すく》める。

「あなたをもらいたいなんて酔狂《すいきょう》な男はほかにいないわ。せっかくだからもらわれなさい」

「で、でも、おばあさま言ってたじゃない。人は信用するな、友達はつくるな、恋人なんてもってのほかだって」

それに何より、グレイスの予想が正しければ、祖母が人間不信に陥《おちい》った元凶とハーツ社長は大いに関係がある。

けれど慌てるグレイスとは裏腹に、マーガレットはどこまでも冷静だった。

「結婚は別よ。信頼や愛がなくても利害が一致すれば問題ないし、一度しかできないなら金回りのいい男と結婚した方が楽よ？」

もともと割り切りの良い性格だとは知っていたけれど、ここまであけすけに言われると思っていなかったグレイスには返す言葉が見つからない。

「それに私ももう長くないし、いつまでも変人の孫の面倒なんて見きれないわ」

「安心してくださいマーガレットさま。私がきっちり面倒を見ます」

「こう言ってるし、それに、私も彼なら少しは信じていいって思ってるの」

「信じる!?　おばあさまが!?」

「私も、年をとって丸くなったってことかしらね」

マーガレットにそうまで言わせるとは、彼との間にいったい何があったのかと考えていると、ハーツ社長が握ったままの手にぎゅっと力を込めた。

「それで、そろそろ私の名前を思い出してくれました？」

「たぶん……。でもあの、今のお名前と全然違うので……」

「伯爵家を出て、商家の養子になったんです。その際無理を言って、ファミリーネームだけでなく、ファーストネームも変えまして」

「じゃあ今の名前は偽名なんですか？」

「表ではこちらで通っているので偽名というわけではありませんが、あなたには昔のように本当の名前を呼んで欲しい」

さあ今すぐに、と言いたげな視線に促され、グレイスは戸惑いながらも、おずおずとその名を口にする。

「カーティス。カーティス＝ファロンさまですね」

「思い出していただけて光栄です」

「別に忘れていたわけでは……」

だって今し方口にしたのは、グレイスの唯一無二の親友の名前なのだ。

けれどグレイスの心を占めるのは、再会の感動よりも戸惑いと驚きだった。

「もうちょっと早く思い出していただけると、もっと嬉しかったのですけどね」

「わ、わかるわけないでしょう!!」

心のまま思わず叫んでしまったグレイスを、誰が責めることができるだろう。

だって幼い頃のカーティスはひどい皮膚病を患《わずら》っていたせいで今と面立ちが全然違うし、髪も今の黒髪とは似ても似つかぬ金髪で、話しかけても時々しか笑わない根暗な少年だったのだ。

それがいまや輝く笑顔をふりまき続ける社交界一の紳士になっているなど、想像つくはずもない。

(いや確かに、社長に会ってからなぜかカーティスのことを思い出すことはあったけど……)

容姿はもちろん名前まで違うのに、どうやって気づけというのだ。

「とりあえず落ち着きなさいグレイス。いくら慌ててもどのみち結婚はするのよ」

「えっ!?」

「私、もう結婚の許可を出してしまったの。あと、お金ももらってしまったの」

「まさかおばあさま、私をお金で……」

「失礼ね。お金だけじゃないわ。新しい屋敷と、働かずに余生を過ごす権利もくれるって言うから、許可したのよ」

「もっとひどいじゃない!」

「やたらと噛みつくけど、そんなに嫌なの?」

改めて質問されると、正直返事に困る。

目の前にいるのは唯一の親友で、小さな頃は結婚するなら彼がいいと思ったこともある。

そしてハーツ社長として接している間も、彼にはそれなりに親しみを感じていた。

(でも、あまりに急すぎる……)

つい数分前までは、エリックとの結婚だけを夢見る変人のまま一生を過ごすのだと思っていたのに、今は素敵な紳士になった幼なじみに求婚されている。

近頃流行のロマンス小説だってそんな都合の良い展開はないし、そもそも自分はロマンス小説のヒロインの器《うつわ》ではない。なにせ、想い人はずっとサボテンだったのだ。

「頭がパンクしそうで、何が何だかわからなくて……」

「確かに、あなたにとっては少し急な話で混乱するのもわかります」

そう言って優しく頭を撫でるカーティスの手のひらにグレイスはさらにどぎまぎしたが、これ以上取り乱すのは情けないと、思わず上げそうになった悲鳴を堪える。

「まずは少し話をしましょう。そして、今の私のことを理解して欲しい」

向けられた視線はどこまでもまっすぐで、グレイスはそれを受け入れるほかなかった。

＊　＊　＊

カーティス＝ファロン。

グレイスが初めて彼と会ったのは、ハーツ社長がまだそう呼ばれていた頃だ。

「あなたの顔、サボテンみたいですごく素敵よ！」

なんて言葉をかけた自分をよく受け入れてくれたものだと今でも思うが、もちろん当時のグレイスは嫌みや皮肉でそう言ったわけではない。

カーティスの実家であるファロン伯爵家では、その日、次男エドワードの五歳の誕生日会が開かれていた。

ファロン伯爵家は、末端ではあるが王家の血を引く由緒正しい貴族の家系で、その次男の誕生日となれば、盛大な祝いの会が開かれる。

贅《ぜい》の限りを尽くした伯爵家の屋敷は華やかに飾られ、どこもかしこも笑顔に溢れ、誰もがエドワードに賛辞を捧げる一方、グレイスは一人居心地の悪さを覚えていた。

もともと引っ込み思案な上に、サボテンへの愛に目覚めていたグレイスは、既にその手にサボテンを持ち歩いていた。

ルパートという名のその親友は、友達のつくれないグレイスを心配した父親から、去年の誕生日に贈られたものである。

後に親友となるエリックより小さく、子供の手にぴったり合ったルパートの鉢植えはグレイスのお気に入りだったが、サボテンを抱えるその姿は周りから奇異に見えたのだろう。

挨拶を終え、子供たちだけで別室に通されるやいなや、グレイスは周りの子供たちから無視された。

ぬいぐるみなどを手にしている子たちは逆にみんなからチヤホヤされているのが悔しくて、グレイスはお目付役の目を盗み、そっと部屋を後にした。

そしてたどり着いたファロン家の図書室で、カーティスと出会ったのだ。

そのときのグレイスは知らなかったけれど、カーティスはその容姿を疎《うと》まれ、親から虐《ぎゃく》待《たい》に近い扱いを受けていたらしい。

後に聞いた話では、その日はエドワードだけでなくカーティスの誕生日でもあったが、それに触れる発言はなく、その後も彼の誕生日会が開かれたことはなかった。

自分だけが除け者にされる、それがどんなにつらいことであるかはグレイスもわかっている。

だからこそ出会ってすぐ、彼女はカーティスが自分と似ていることを無意識に察知し、躊躇《ためら》いもなく声をかけたのだろう。

薄暗い図書室で、一人で泣いていたカーティスを見つけたとき、その顔が爛れていることにすぐ気づいたが、だからといって戦《おのの》くことはなかった。

「どうしたの？　どこか具合が悪いの？」

むしろカーティスの涙が見ていられなくて、グレイスは慌てて駆け寄った。

とたんに、持っていた黒い頭巾《ずきん》で顔ごと涙を隠すカーティスに、グレイスはちょっとだけ傷つく。

「私は、何もしないわ」

「うそだ……、僕を笑いに来たんだろう」

「笑うって何を？」

「見たんだろう、僕の醜い顔を……！」

告げる声は少女のように甲高《かんだか》かったけれど、つたなさのない口調や少し大きな身体から、グレイスは彼が自分より年上なのだと思った。

そんな彼がまだ五歳のグレイスにとる怯えたような態度がおかしくて、拒絶された悲しさは少しやわらいだ。

そのままついクスクス笑っていると、カーティスは頭巾を少しだけずらし、グレイスをじっと見つめる。

その顔はほかの子たちとは違っているけれど、不快には思わなかった。むしろほかの子と違って悪意のないカーティスの表情に、グレイスはほっとしたくらいだ。

「みにくい？」

「見ればわかるだろう。お母さまさえ見たくないって言うし、この頭巾をかぶっていないとすごく怒られるんだ」

その言葉が信じられなくて、グレイスはつい身を乗り出した。

「どうして？　あなたの顔、サボテンみたいですごく素敵よ！」

グレイスの言葉が予想外だったのか、カーティスはたじろいだ。

その手からそっと頭巾を奪い、改めてカーティスの顔を見たけれど、やっぱりおかしいとは思えない。

むしろ見れば見るほどサボテンに似ていて、自然と顔がほころんでしまう。

「サボテン？」

「これが、サボテンよ」

胸を張ってルパートを見せたが、どうやら彼はお気に召さなかったらしい。

グレイスとしては、一日中見ていても飽きないほど鮮やかな緑の幹《みき》と、相手を威嚇《いかく》するように覆われた棘を持つサボテンが大好きだったけれど、どうやらカーティスにその気持ちは伝わらなかったようだ。

「やっぱり悪口じゃないか」

「悪口？」

首をかしげ、幼いグレイスは拗《す》ねたように口をすぼめる。

「悪口じゃないわ。だって、サボテンに似てるって言ったのよ？」

「醜いってことだろう？」

「かっこいいってことよ？」

あれ？　と二人して首をかしげながら、しばしの間見つめ合った。

そうしているとなんだか無性におかしくなってきて、カーティスがついに吹き出した。

「君、本気で言っているの？」

「ええ。だってサボテンは世界で一番素敵でかっこいい植物よ！」

「僕が、それに似てる？」

「ええ、そっくりよ」

心からの笑顔で言い切ると、カーティスはどこか照れたような笑みを見せる。

顔にできた凹凸のせいでわかりにくいけれど、細められたエメラルドグリーンの瞳や形の良い唇が作るカーティスの笑顔はすごく綺麗だと気づき、グレイスは彼から目が逸《そ》らせなくなった。

「笑顔も素敵ね」

「そんなことを言うなんて、君は変わってる」

「よく言われるわ。でもお父さまもお母さまも『いつも自分に正直でありなさい』って言うから、私はそうすることにしてるの」

それは今まで何度も、両親から言われたことだ。

引っ込み思案で無類のサボテン好きであるグレイスを、両親はありのまま受け入れてくれる。

むしろ何かを熱心に愛することができるのは良いことだと二人は言ってくれた。「愛する気持ちを持ち続ける人のところに、幸せはやってくる」「たとえ今はグレイスのことをわかってくれない人が多くても、いつかきっとその良さを受け入れ愛してくれる人が現れる」と言い聞かせられてきたのだ。

そんな両親がいるからこそ、嫌な思いをしてもグレイスはサボテンを手放さなかった。

「でもルパートの良さがわかる子はまだいなくて、いじめられるから逃げてきたの。彼を取られたら困るし」

「もしかして、名前つけてるの？」

「あたりまえでしょう。親友には名前がなくちゃ」

そのままうっとりとサボテンを見つめていると、カーティスは彼女がいかにサボテンを大切に思っているかわかったようだ。

「そういえば、君の名前は？」

「グレイスよ。あなたは？」

「カーティス＝ファロン……だけど」

「ここの家の子だったの？　じゃあこれからも会えるわね」

笑顔で告げてから、グレイスは今更のように令嬢らしくドレスを持ち上げた。

ファロン伯爵家とコナー男爵家は、父親同士の仲が良い。

それぞれの家が開催する舞踏会や今日のような集まりには必ず参加し合う関係だから、きっとそのたびに彼と会うことができるはずだと思うと、グレイスは無性に嬉しかった。

「私の父はコナー男爵で、私は五歳なの。一番の親友はルパートで、好きなお菓子はクッキーよ！」

自分のことを知って欲しくて、思いつくまま自分の情報を口にすると、カーティスは少し驚いた顔をする。

「口が達者だからもう少し上かと思った」

「あなたはいくつ？」

「十だけど」

「ちっちゃいから私と同じくらいだと思ってた」

「全然背が伸びないんだ」

カーティス曰く、この顔のせいで外に出るのがおっくうで、運動もろくにしないため背も伸びないし、赤く腫《は》れた湿疹《しっしん》の箇所を除けば彼の肌は青白いままなのだという。

そのせいで実際の年齢より下に見られることは多く、それがある種のコンプレックスだと教えてくれたが、開口一番に「サボテン」と言い切られてしまったせいか、グレイスにそれを指摘されても、今更腹は立たないようだ。

「でも年なんて関係ないわよね。私とルパートなんて、人間と植物なのに親友だし」

まじめに言うと、カーティスは綺麗なエメラルド色の瞳で、穴が開くほどグレイスを見つめてきた。

それがちょっとだけ気恥ずかしかったけれど、彼に見つめられるのはなんだか嬉しくて、もっと仲良くなりたいとグレイスは思ってしまう。

「だからね、お友達になりましょう！　私たち、きっと仲良くなれると思うの！」

「本当に、僕でいいの？」

「どうしてだめなの？」

「それとも、私がいやなの？」

尋ねながら、カーティスの手を小さな手で優しく掴む。

「そんなわけないよ」

「じゃあ、お友達」

にっこりと笑ってから、グレイスは秘密を打ち明けるように、そっと口元に手を当てた。

「実はね、人間のお友達は初めてなの」

「僕もだよ」

「おそろいね」

屈託のない笑顔と共に手をぎゅっと握れば、カーティスもおずおずとその手を握り返してくれる。

そのときから、グレイスにとってカーティスはかけがえのない存在になったのだ。

＊　＊　＊

人払いをした下宿屋の食堂で、グレイスは記憶より美しくなったカーティスと薄汚れたテーブルを挟んで向かい合い、座っていた。

カーティスは、突然の求婚に動揺していたグレイスをなだめた後、戸惑いを少しでもなくすため、二人で話すことを提案してきたのである。

(でも、見れば見るほどカーティスとは別人みたい……)

誕生日会で出会ったことや、今手にしているエリックがカーティスからのプレゼントであることなど、彼は昔の思い出のいくつかを、自身の証明として口にしてくれた。

でもその声も、視線も、表情や振る舞いすべてが洗練されすぎていて、まるで他人の思い出を聞かされているような気持ちにさえなってしまう。

(確かに、彼が語ったのは私の思い出でもあるのに……)

「グレイス」

かつてのように名前を呼ばれると、グレイスはビクリと肩を震わせる。

「突然のことに驚いているのはわかります。でも、私はなんとしてもあなたに償《つぐな》いがしたい」

「償い……？」

「私の両親があなたとあなたの家族にしたことに対して、ようやく償えるだけの男になれたはずですから」

「あれはもう過去のことです。それに、カーティスさまは何も……」

「私がもう少し両親の事業に関心を抱いていれば、防げたかもしれないことです」

そのまっすぐな眼差しを見てグレイスの脳裏によぎったのは、すべてのきっかけとなった痛ましい事故のことだ。

その事故が起きたのは、グレイスが八つになったばかりの頃だ。

グレイスの父であるコナー男爵が、カーティスの父であるファロン伯爵と共に開発を行っていた鉱山で、その事故は起きた。

昨今、イグリード国では工業の発展がめざましく、そのさなかに見つかった国内最大級の鉱山を、二つの家は共同で所持していた。

とはいえ、鉱山の敷地のほとんどはコナー男爵家の領地にあり、ファロン伯爵家の領地側は地層が柔らかく、掘り進めることもできないため、法律上鉱山の所有権はコナー男爵家のものであった。

だが義理堅いグレイスの父は、鉱山は二つの領地に跨《また》がるものだからと利益を折半《せっぱん》することにしたのである。

その代わりにと、ファロン伯爵は開発を行う会社の手配や運営のほとんどを自分がするとしたのである。

彼の感謝の気持ちが偽りだとわかったのは、鉱山で起きた落盤事故の後だった。

視察をしていたグレイスの両親が巻き込まれた事故の後、突然ファロン伯爵が、事故の責任はすべてコナー男爵家側にあると言い出したのである。

利益はもちろん、事故などによる損失の責任もまた、両家が折半する契約のはずだったのに、突き出された契約書ではコナー男爵家がその責任をすべて負うことになっていた。

事故では両親のほかに二十人もの作業員が亡くなり、彼らの家族に支払う手当は膨大《ぼうだい》な額になった。もちろん残されたグレイスの祖母マーガレットは、遺族のためにと支払いに関しては同意したが、調査の結果、そもそもその事故はずさんな採掘計画のせいだとわかったのである。

だからマーガレットは、それを指揮したファロン伯爵にすぐに抗議した。だが事故の後始末に追われている間に、ファロン伯爵家は開発責任者の名義をグレイスの父に変えており、現場の労働者たちにも悪いのはコナー男爵なのだと吹き込んでしまったため、いつしかマーガレットたちへの風当たりは強くなっていった。

味方になってくれるはずの領民さえも敵に回ってしまい、グレイスたちは日に日に孤立していった。

「あの事故は明らかにファロン家の過失です。なのに私の両親は、謝罪をするどころかあなた方を破滅させてしまった……」

「確かにあのときは辛かったし、今もあなたの両親のことは……許せない」

でも既に家を出て自立した彼が代わりに償うのは、なんだか違うとグレイスは思ってしまう。

だってあの頃、ファロン家ではカーティスを、いない者として扱っていた。

次期当主を次男のエドワードに決めて以来、カーティスは最低限の食事以外何も与えられない生活を送っていたのだ。

それを見かねたグレイスの父が屋敷に招き、事故が起きるまでの約半年間はグレイスの屋敷にいることも多かったので、彼が両親の企みを見抜けるはずもない。

むしろ事故の後、屋敷に無理やり連れ戻された彼がひどい仕打ちを受けていないかと、当時はひどく心配していたほどだ。

「十二年も経ったし、私もおばあさまもあの日のことは忘れようって決めたんです。だから、カーティスさまが責任を負う必要なんてありません」

「必要がなくても、そうしたいんです。奪われたものをすべてお返しすることはできないけれど、私はあなたを幸せにしたい。そのために家を捨て、新しい名前で会社をここまで大きくしたんです」

「どうしてそこまで……」

「あなたにだってわかっているはずです」

グレイスは恋に疎いが、熱情と欲望に満ちたカーティスの視線の意味に気づかぬほど鈍《にぶ》くはない。

頬が熱くなるのを感じながら、すがるようにエリックに視線を向ける。けれどあまりに恥ずかしすぎて相談の言葉さえ出てこない。

「私の言葉が、信用できませんか？」

「そうじゃないんです。ただ、とにかく驚いてしまって」

「では、私の気持ちはきちんと伝わっていると考えていいですね？」

たじろぎながらも、グレイスはなんとか頷く。

「それならば、私に時間とチャンスをいただけますか？　今後はカーティスとして、あなたともう一度関係を築きたい」

彼の提案は、グレイスが望んでいることでもあった。

叶うなら、彼と再会し、関係を修復できたらどんなにいいかと思っていたのだ。

（なのにどうして、素直に頷けないのかしら……）

慣れない恋愛話に動揺しているのか、それとも、かつてと違いすぎるカーティスの容姿に臆《おく》してしまっているのか、心の中には躊躇いばかりが生まれ、依然として言葉が出てこない。

そんなグレイスの困惑に気がついたのか、カーティスは少し寂しそうな顔でうつむいた。伏せられた眼差しや、額の上をはらりと落ちる黒い前髪にかつての面影はないけれど、それでも落ち込む彼の姿は、彼が両親に虐《しいた》げられていたときのものと重なる。

その姿を見るたび、幼いグレイスは自分が彼を守るのだと勝手に息巻いたものだが、どうやらその気持ちの片鱗《へんりん》は今もまだ胸に残っているらしい。

「そんな顔をしないでください。本当に、ただ少し戸惑っているだけなんです」

容姿も立場も昔とは違うけれど、カーティスを特別に思うこの気持ちがあるなら、もう一度うまくやることができるかもしれない。

「そう言ってもらえてほっとしました。拒絶されたらどうしようかとずっと怖かったので」

「拒絶なんてしません。むしろ、私でいいのかって、そればかり思ってしまって」

「あなたでないとだめなんです」

甘い声に鼓動が跳ね、グレイスはまるで夢でも見ているような気分になる。

けれどグレイスは、さらに続いた言葉によって現実に引き戻された。

「それに実はもう、結婚の手続きは済ませてしまっているんですよ。だから、あなたはもうほかの誰かを選ぶことはできません」

笑顔で言うカーティスに対し、グレイスはただただ唖然《あぜん》とするほかない。

「……今、済ませたっておっしゃった？」

「ええ、善は急げと思いまして」

そう言ってカーティスは証拠として結婚許可証《マリッジライセンス》をグレイスに見せる。

本物だろうかと疑いつつ、差し出された許可証を見ていると、そこにやってきたのはマーガレットだ。

「そろそろ、話はまとまったかしら？」

「ええ、後は教会に行くだけですよ」

「よかったわ、これで私も安心できる」

事態を把握《はあく》できないグレイスを置いてきぼりにしたまま、にこやかに会話を続ける二人。

二人の間にはどこか砕けた雰囲気があり、ここでまたグレイスは別の疑問を抱く。

「あの、もしかして二人はこの街に来た後もよく会っていたの？」

先ほどから疑問に思っていたことも含めて指摘したが、マーガレットは「そんなことはどうでもいいじゃない」と軽く流す。

そしてカーティスもまた、そのことをあまり重要視していないらしい。

「その話はおいおいしましょう。それより、今からたくさん準備が必要です」

その上彼は、そこでまたグレイスを不安にさせる言葉を重ねる。

「準備ってもしかして……」

「結婚式の準備です。ウエディングドレス、着たいでしょう？」

「え、いえ……そもそも結婚の実感がないので、ドレスのことなんて考えられないんですけど……」

「じゃあ、とりあえず着てみましょうか。そうすれば、結婚への実感も芽生えるはずです」

カーティスはもちろんマーガレットにも「着てしまいなさい」と言われれば、グレイスはなんと答えていいかわからない。

その上、結婚式について楽しげに会話を弾《はず》ませるカーティスとマーガレットは本当に幸せそうで、戸惑っている自分の方がなんだかおかしいような、そんな気分になってくる。

（急すぎると思うのは私だけなの⁉　世の中の結婚ってこういうものなの⁉）

とはいえ、親の決めた相手と結婚するのは貴族の間ではよくある話だし、その相手がまったく知らない人で苦労したという話も聞いたことがあるから、相手が幼なじみであるだけ自分はマシなのかもしれない。

もちろん戸惑いは消えないし、本人を蚊帳《かや》の外に置いたまま話を進めるのはやっぱりどうかと思うけれど、「グレイスが結婚してくれれば、私もようやくほっとできるわ」と笑うマーガレットの表情はいつになく穏やかだったから、彼女が喜ぶ結婚ができるのは悪いことではないとグレイスは胸の中で繰り返す。

「ということで、今後ともよろしくお願いします」

そう言うカーティスと夫婦になる実感はまだないけれど、結婚すればまた前のように仲良くなれるかもしれないと思いながら、グレイスは薬指に輝く指輪をそっと撫でた。

第三章

結果から言えば、ウエディングドレスを着てもグレイスは結婚の実感を抱けなかった。

あまりに急な結婚の申し込みから今日で三日目。

教会での宣言を済ませたグレイスとカーティスは、そのまま彼のタウンハウスでささやかな結婚披露パーティを開いた。

グレイスを動揺させないためか、出席者はリカルドとナターシャだけというカーティスの社会的地位を考えればかなり小規模なものだったが、それでもウエディングドレスは豪華だし、結婚を祝福するケーキは華やかで、まるで夢の中にいるような気分だった。

ふわふわと宙に浮いているような気分のまま一日が終わり、夜の訪れと共に彼女は広い寝室へと案内される。

グレイスの寝ていた部屋の四倍はあるその寝室もまた、結婚によってグレイスに与えられたものの一つだ。

治安の悪い下町に花嫁を住まわせるわけにはいかないと、カーティスはグレイスとマーガレットに今日からこのタウンハウスに住むようにと告げた。

そしてその言葉をマーガレットは予想していたのか、既に彼女は知人に店を任せる手はずを整えており、二人の引っ越しはすぐに決まったのだ。

彼のタウンハウスは大きな通りに面した場所に建つ、地下室のある四階建ての大きな邸宅だった。

白を基調としたシンプルかつエレガントなデザインの外観は美しく、目の前に広がる庭園には緑が溢れ、騒々《そうぞう》しいロンデリオンの中にあるとは思えない静けさを有している。

それは心地よくもあったけれど、喧騒に満ちた下町とは真逆であるために、非日常感がぬぐえない。

ドレスを脱ぎ、夜着に着替えて寝台に寝転がってみるが、その寝台もまた尋常でないほどの大きさだったから、やっぱり現実感はない。

「エリック、私今日から社長夫人になるんだって」

お腹の上にのせたエリックに語りかけながら、グレイスはぼんやりとこれからの日々に思いを馳せる。

結婚後のことは結婚してから考えれば良いと言われ、グレイスはこの三日間、式の準備だけに追われていた。

だからあまり考えずに済んでいたけれど、いざ結婚してしまうと不安の方が大きい。

そもそも結婚は自分に縁遠いと思ってきたので、結婚生活の知識をグレイスはまったくといっていいほど持っていないのだ。

「そもそも、花嫁としてちゃんとできていた？　私、おかしくなかった？」

エリックに不安の言葉を投げかけると、彼はグレイスの動きに合わせてわずかに揺れる。

だがもちろん、彼が質問に答えるはずがない。代わりに甘い声音がグレイスの声に続いた。

「おかしいどころか、本当に素敵でしたよ」

エリックを抱えながら慌ててベッドから跳ね起きると、いつの間にかカーティスが入り口に立っている。

そのまますたすたとグレイスに歩み寄ってきた彼は、さも当然と言う顔で彼女の座る寝台に腰を下ろした。

「その惚《ほう》けた顔も、大変愛らしいです」

ぼっと火がついたように、グレイスの頬に熱がこもる。

同時に夜着一枚ではしたなくごろごろしていたことを後悔するが、まさか彼がこんなにも早くやってくるとは思わなかったのだ。

「寝台にいるということは、もう心の準備はできているようですね」

「それは……」

「さすがに、これから何をするのかはちゃんとわかっているでしょう？」

わかってはいたが、それを詳しく教えられたのはつい昨日のことだった。

詳しくといっても、レクチャーしてくれたマーガレットの説明は大ざっぱすぎて、グレイスは未だに自分が何をすべきなのかぴんときていない。

「とりあえず身を任せておきなさい」とか「コナー家の女は代々そちらの才能があるから、鈍《どん》くさいグレイスでもたぶんなんとかなるでしょう」というアドバイスしかくれなかったのだ。

「子供をつくる行為だとは聞きました」

「それももちろんですが、これは愛を交わす行為でもあります」

だから……と、カーティスは緊張で小さくなっているグレイスの頬にそっと指を添える。

「そう固くならないでください」

「そんなの無理です」

「ほら、そもそもその口調がいけません。昔はもっと気さくに接してくれたでしょう？」

「でもそれは、お互い子供だったから……」

「でしたら、あのときのグレイスに戻ってください」

笑顔ではあったけれど、カーティスには有無を言わせぬ雰囲気がある。

「わかった、頑張って……みる」

「ありがとう。嬉しいです」

言葉以上の喜びを笑顔にのせるカーティスを見れば、口調を改めるのも悪くないと思う一方で、カーティスの方は何も変わらないのをちょっとずるいと思ってしまう。

「でも、あなたは丁寧な口調のままなのね」

昔はあなたも気さくだったと指摘すれば、カーティスは困ったように眉を寄せた。

「これはもう癖のようなものなんです。あなたが去った後、私はかつての自分と決別し、少しでも大人になりたくて紳士としての作法を改めて身につけました……」

以来ずっと、あの頃と真逆の態度や口調を心がけていたら、自然とこうなってしまったのだとカーティスは苦笑する。

「今の私は、嫌いですか？」

「そんなことないわ。立派になって感動しているくらい」

「けれどあなたは、今の私より昔の方が好きなのでしょう？」

「好きとか嫌いとかではなくて、ただ素敵すぎて気後れしてしまうの」

「昔と同じようにしてください。名前や容姿は変わっても、あなたを愛するカーティスのままですから」

頬に添えられていた指が、グレイスの唇をそっと撫でる。そのままじっと見つめられているとグレイスの心臓はかつてないほどにせわしなく鼓動を刻むが、それも無理はない。

カーティスは同じだと言うが、エメラルドグリーンの瞳を除けば昔とは別人だ。整髪料で整えられた艶やかな黒髪や、シミ一つない健康的な肌に精悍《せいかん》な目鼻立ちなど、そのどれ一つとしてかつてのカーティスと重ならない。

皮膚病でできた湿疹によって気づかなかっただけなのかもしれないけれど、その変革を知らないグレイスには別人にしか見えず、それが彼女を困惑させる。

「グレイス」

でも一方で、優しく名前を呼ぶ声は昔のままで、それを聞いていると少しずつだが昔の距離感を思い出せる気もした。

「私をちゃんと好きになってくださいね」

戸惑うグレイスの唇に触れ、カーティスは少し潤《うる》んだ瞳でじっと見つめてくる。

「私も、好きになりたいとは思っているの。でも今まで意識してきた異性はエリックだけだし、戸惑ってしまって……」

「ならば、まずはいろいろと試してみましょう。今のあなたに必要なのは、私に慣れることだ」

できますかと尋ねる口調はあまりに優しくて、グレイスはつい頷いてしまう。

「でも、試すって何を？」

「まずはこれです」

突然の強い抱擁《ほうよう》に、言葉を続けることも、息をすることさえままならなくなる。

「まずは私に触れて、感じてください」

耳元で吐息混じりに囁かれ、回された手がグレイスの背中を優しく撫でる。

とたんに「ひゃっ」と情けない悲鳴を上げ、グレイスの身体はがちがちに固まってしまった。

「ずっとこうしたかったので、本当に幸せだ」

「あ、あの、でも、カーティスの服にエリックが刺さってる」

「確かに痛いですが、今はその痛みすら愛おしい」

ああ……と零れた吐息に嘘はなさそうで、グレイスは困惑する。

「それで、私に触れた気分はどうですか？」

「ドキドキして、何も考えられないわ……」

「それは良い傾向ですよ」

「本当に？」

「少なくとも、嫌いであればそんなふうにドキドキなんてしませんん」

そういうものなのだろうかとエリックに助言を求めたかったが、カーティスの身体に阻《はば》まれ彼の姿は見えない。

「不快ではないですね？」

「それは、ないわ」

「よかった。それなら、もう少し先に進みましょうか」

うつむいたままの顔に指を這《は》わせ、カーティスは火照ったグレイスの顔を上向かせる。

少し長めの前髪から覗く瞳に熱をたたえながら、カーティスはグレイスの唇を指で優しくなぞった。

「その顔は、ほかの男に見せてはいけませんよ」

「見せるような人なんていないわ」

グレイスが瞬きをするほんのわずかな間に、カーティスは顔をすっと近づけて、小鳥がえさをついばむように、グレイスと唇を合わせた。

そのまま二度三度とぬくもりを重ねられてから、グレイスはようやく我に返って慌てふためく。

「待って、私キスはしたこと…なくて……」

混乱のあまり恥ずかしさに拍車がかかり、言葉は尻すぼみになっていく。

それでも添えられた彼の手のせいで顔を逸らせなくて、赤く火照った顔をじっと観察されてしまう。

「だから……うまくできるかどうか……」

「優しくしますから、安心してください」

言葉の合間にキスを挟みながら、カーティスはグレイスの腕からエリックを取り上げた。

「ただ、あなたの気持ちを引き出す手伝いをするだけです」

カーティスは枕元にエリックを置くと、グレイスの肩に手を置いた。

「今夜、あなたに一番近いのはエリックではなく私ですよ？」

もう一度優しいキスをしてから、カーティスはグレイスの纏っていた夜着に指をかける。

そこで彼は、困ったような顔で口元を覆った。

「これはもしかして、マーガレットさまの差し金ですか？」

そう言ってカーティスがつまみ上げたのは、グレイスが纏っている夜着だ。

じっと見つめる彼の視線に、グレイスは今更のように煽情《せんじょう》的な夜着が恥ずかしくなってくる。

「そうなの、おばあさまがくれたの」

「あなたのおばあさまは策士ですね。その姿は、とても素敵だ」

カーティスの囁きに鼓動が大きく跳ね、グレイスの思考が一瞬止まる。

「でもその、私あまり色気がある方じゃないと思うけど。胸も大きくないし」

口から飛び出したのはそんな言葉で、自分で言いながら少し悲しくなる。

　グレイスは幼い頃から食が細く、胸や腰の肉付きがあまりよくない。

　女らしさがないわけではないが、女性にしては短い髪のせいで、少し前まで少年と間違われることもあったくらいなのだ。

「胸の大きさだけで、女性の魅力は語れませんよ」

「それは、まっすぐなサボテンより、造形に癖のあるサボテンの方が素敵だと思うのと一緒？」

「あなたのたとえは独特すぎます」

「私はむしろサボテンにたとえないと理解できなくて」

「わかりました。それでは、あなたにもわかりやすいように、丁寧に説明して差し上げましょうか」

　言うなり、カーティスは夜着の上からグレイスの胸の頂《いただき》に優しく触れる。

　それから唇を優しく舐められると、身体の奥から少しずつ、甘い疼《うず》きと熱がこみ上げる。

「……んっ……ッ」

　触れられただけなのに胸が痺れて、グレイスの頂は少しずつ硬くなっていく。

「確かに胸の膨らみはほどほどですが、こうして硬く勃《た》つ頂は大変愛らしい」

　薄い夜着をずり上げ、今度は直にカーティスの指が触れる。

「大きさは関係ありません。こうして私に応えてくれる胸は、とても魅力的です」

カーティスの右手に直接胸を揉《も》まれると、先ほどよりずっと疼きが高まってしまう。

それを見抜いたように、カーティスの声がどこか嬉しそうに弾んだ。

「感じてくれているんですね」

右手で片方の胸を優しく揉み上げながら、カーティスは胸の頂にそっと舌を這わせた。

「……ふぁっ……あっ……だめ…」

指がもたらすのとはまったく違う、ざらりとした感触が肌の上を滑ると、グレイスの喉が大きく反った。

「だめと言いながら、どんどん硬くなっていますよ」

恥ずかしい台詞を挟みながら、カーティスがグレイスの胸を優しく吸い上げた。

「そこ…やめ…」

そのまま前歯で優しく食まれると、やめてと懇願する声がひときわ大きくなる。

甘い吐息混じりの声と共に、胸の上を撫でるカーティスの前髪を遠ざけようと彼に触れたけれど、いざ髪に指を差し入れてみると、遠ざけたいのか引き寄せたいのかわからなくなってしまう。

胸を舐められることも、そのたびに響く淫らな水音も恥ずかしくてたまらないのに、身体の奥から広がる痺れは気持ちよくて、それを失いたくないと思ってしまうのだ。

「カーティス……だめ……」

言葉では抵抗しながらも、グレイスの腕は抱き寄せるようにカーティスの頭に回されていた。

指で彼の柔らかな髪を撫でていると、カーティスの舌使いはよりいっそう激しくなる。

「んっ…やぁ…ああっ…あっ…」

舌で嬲《なぶ》られ、指でしごかれ、頂だけでなく、胸全体を形が変わるほど揉まれると、戸惑いや拒絶の言葉はやがて消えていく。

「…いいっ…あ……ンッ」

巧みな舌や指によって快楽を引き出されていると、なぜだか触れられてもいない腰まで震えてしまう。

言うことを聞かない身体にわずかな恐怖を覚えていると、カーティスの腕が愉悦《ゆえつ》に震えるグレイスの腰を強く抱き上げる。

そのまま、グレイスをうつぶせにすると、カーティスはその無防備な腰に舌を這わせ始めた。

胸よりは刺激が少ないことに一瞬ほっとしたけれど、そのまま腰を持ち上げられ、彼に向かっておしりを突き出すような格好をさせられると、恥ずかしさに全身が震えてしまう。

「あ、あの……!」

「あなたの腰は細いですね。でもちゃんと熟れている」

カーティスは、ちゅっとおしりにキスをしてから、今度は両手でグレイスのおしりを強く揉んだ。

形を崩すように強く揉まれると、普段はあまり触れることのない茂みの奥からむずむずとした物足りなさがこみ上げてきた。

自然と太ももをこすり合わせるグレイスを見て、カーティスが笑い声と吐息を彼女の背中に落とす。

「そんなふうに誘われたら、私も我慢ができなくなる」

「誘ってなんか……」

「おしりを突き出しながら言っても、説得力がありませんよ」

「それは、カーティスが……する…から」

「今はもう、無理やり立たせていませんけど？」

はっとして自分の腰に目を向けると、先ほどまで回されていたカーティスの腕はただ添えられているだけだった。

恥ずかしいと思っていたはずなのに、どうしてこんな獣《けもの》のような体勢をとったままでいたのかと動揺していると、おしりの割れ目にカーティスの指が這わされる。

「期待してくれているなら、応えなければいけませんね」

グレイスが腰を落とす間もなく、太ももの間に差し入れられた手が、グレイスの秘処を覆う。

そのまま人差し指で茂みを掻き分けたカーティスは、その奥にある花芯を目指す。

もちろんグレイスは逃れようとするが、腰をきつく押さえられてそれも叶わず、カーティスの指はあっという間にそこへと到達してしまう。

「さあ、私の指を感じてください」

淫猥《いんわい》な声音でわざわざ前置きをして、カーティスはグレイスの芽を優しく撫でる。

「やぁ…んッ」

指使いは穏やかだったけれど、もたらされる刺激は激しい。

「やはり、反応が全然違いますね」

「…あぅ…んっ…」

花芯だけでなく、濡れ始めた蕾も指で嬲られると、グレイスの目の前に火花が散った。

「胸もかなり敏感ですが、ここが一番お好きなようだ」

「好き……なん…かじゃ……」

カーティスの問いかけにも、グレイスはまともに返事をすることができない。

このような行為をされるのはもちろん初めてだけれど、今彼が触れているのは排泄《はいせつ》をするところで、そこを触られて気持ちが良いなんて、絶対自分は普通ではないのだ。

「嘘はだめですよ」

「本当に…好きじゃ……」

「でも、もうこんなに蜜が溢れています」

くちゅりと、わざと淫らな音を立てながら、カーティスはグレイスの秘唇をこする。

それだけでもおかしくなりそうなのに、彼の指はそのさらに奥へと侵入を試みているようだった。

「…はぁ…ンっ、やめぇ…」

「嫌がる割には、簡単に奥まで入ってしまいそうですよ」

「いれないで…だめ……だめなの…」

「でもほぐしておかないと、後がきつくなってしまう」

じゅぷりと音がして、グレイスの下腹部にわずかな圧迫感が加わる。

恐ろしくてそちらを見ることはできなかったけれど、自分の中にカーティスの指が入っていることは感じていた。

見たときは綺麗な指だと思っていたけれど、襞を広げようとうごめく指は思いのほか太く、男らしい節がグレイスの中を行き来するたび、じんっと中が痺れてしまう。

「こら、締め付けるのはまだ早いですよ」

「締め付けて…な…い……」

「自覚がないんですか？　ほら、ここをこうすると」

いつの間にか二本に増やされた指がグレイスの中をこすると、確かに、きゅっと腰が狭まるような感覚がした。

同時に甘い悦楽が中から溢れ、蜜と共に熱を帯びた吐息がグレイスから零れる。

「求めてくれるなら、もう遠慮は必要なさそうですね」

熱情を帯びた声につられてわずかに振り返って彼を見れば、窓から差し込む月明かりに照らされた美しい身体が自分を見下ろしていた。

部屋が暗いので細部までは見えないけれど、月の光によって淫らな陰影を刻まれた彼の身体は、芸術家の手によって作り上げられた完璧な彫像のようで、その美しさにグレイスは少し臆してしまう。

しかし一方で、身体の奥底からは何かを期待するような疼きがこみ上げていた。

「どうやら私の身体をお気に召していただけたようだ」

「え……」

「また少し、濡れてきていますよ」

「あっ……んぅ……」

一度引き抜いた指で、蜜をこぼす入り口をこすられる。

その刺激に身体を震わせたグレイスを満足げに見た後、カーティスは緩めていた服を完全に取り去る。

「さあ、いきますよ」

グレイスが逃げないように、カーティスは背後から彼女にのし掛かる。

「まって…これじゃあ……」

顔が見えないし、なにより獣の交わりのような体勢はひどく恥ずかしい。

けれどカーティスはそのまま、この淫らな行為を続けるつもりのようだった。

「私のは少し大きいので、見たらあなたはきっと萎縮《いしゅく》してしまうでしょうから……」

何が大きいのかという問いかけはもちろんできなかった。

ただ、このあとに迎えるであろう展開を想像して震えていると、抜かれた指に代わり、熱くて大きな何かがグレイスの蕾にあてがわれる。

直後、突然グレイスの中を灼熱《しゃくねつ》の杭《くい》が割り入ってきた。それは彼女の内部を裂くように、彼女の中へと進行してくる。

「ん……いた……いっ……」

あまりの圧迫感に呼吸が止まる。けれどカーティスはじわりじわりと奥へと押し進めていく。

「少しほぐしましょう。ここに触れると、楽になるでしょう？」

グレイスの上にのし掛かるようにして折り重なったカーティスは、グレイスの背中に熱い吐息をこぼしながら、前に回した手で膨らんだ胸の頂をくすぐる。

するとは確かに、胸から広がる悦楽が痛みをやわらげていく。

「ふあ……んっ……あぁ…んっ」

シーツをぎゅっと握りしめ、グレイスは痛みと快楽がない交ぜになった不思議な感覚に身体を揺らす。

閨《ねや》の知識などないグレイスだけれど、初めての行為が激痛を伴うということだけは知っていた。

(なのに……いたいのじゃないのが…くる……)

確かに最初は痛かったたし、奥へ進まれることが怖かったけれど、覚悟していた痛みよりはずっと軽くて、グレイスはあまりにもあっけなくカーティスを奥まで受け入れてしまう。

「……ッあ…」

「全部、入りましたね」

そのまま中をかき混ぜられるとさすがに鈍痛がしたけれど、カーティスが触れてくれる胸や花芯から生じる快楽のおかげで、いつしか吐息には熱が戻り始めていた。

「グレイスの中に、私がいるのがわかりますか？」

「な……か……？」

「ほら、動かしますよ」

身体を引き起こしグレイスの腰を強く摑むと、カーティスは自らの肉棒をゆっくり抜き

差しさせる。

じゅぷじゅぷと音を立てながら出し入れされる肉棒は、カーティスの言うようにとても大きくて太いけれど、内側を擦られるたび甘い愉悦が這い上がり、グレイスの目から涙が零れる。

「は……んっ……ああ……んっ……ンッ」

痛みはいつしか充足感に変わっていき、腰を揺すられながら奥を抉《えぐ》られると大きな波のようなものがグレイスを包み込む。

「なにか……く……る……きちゃう……」

「達してください、私を感じながら」

肌が打ち合う音がして、より激しくカーティスがグレイスを貫く。

「ンッ……んん……ゃあ……」

そうされると胸をいじられるよりずっと気持ちよくて、グレイスは破瓜《はか》の証と愛液が伝う太ももを震わせた。

(なに……これ……変に……)

「ああっ……あンっ!!」

絶頂に至った瞬間、隘路《あいろ》の奥がびくびくと痙攣《けいれん》した。

身体が壊れたように震え、まだ中にカーティスがいるのも忘れてグレイスはぐったりと動きを止める。

そのまま、まるで人形にでもなってしまったかのように四肢を動かすことができずにいたが、行為はまだ終わっていなかった。

カーティスは自らを繋げたまま、グレイスを慎重に抱き起こすと、向かい合わせの格好で足を大きく広げさせた。

ふわふわと愉悦に漂うグレイスは、自分が淫らな体位をとらされていることにも気づかない。むしろ、ようやく正面から触れてもらえたことに喜びすら感じていると、再びカーティスの肉棒がグレイスの中を抉り始める。

「ふぁ…あ…ああ、ああ…」

芯を失った身体はされるがまま淫らに震え、忘れたはずの快楽をもう一度思い出す。

理性を取り戻す間もなく始まった律動に、グレイスは瞳を濡らしたままただ喘《あえ》ぐことしかできない。

「あなたはずいぶんと感じやすいようですね。蕩《とろ》けそうな顔をして、私をちっとも放してくれない」

耳元で何か恥ずかしいことを言われたようだけれど、穿たれるたびに全身を突き抜ける刺激がグレイスから言葉を失わせる。

「あっ…ああ、はぁ…んぁ…！」

「また達《い》きそうな顔だ」

「んッ……きちゃ……！」

「何度でも達ってください、あなたが望むだけ気持ちよくして差し上げますから」

グレイスをかき乱すカーティスもまた、肌の熱を高め、乱暴なほど強くグレイスの中を抉る。

「あっ……あん……やぁ……！」

（また、なにか……）

大きなものが自分を襲ってくるような感覚が走り、グレイスは逃れるように髪を振り乱す。

やがてびくんと腰が跳ね、再び甘い快楽が全身に広がると、今度はカーティスの方も甘く苦しげな息を吐いた。

「私も、もう……」

痙攣《けいれん》する媚肉の中で、カーティスの先端から熱い何かがほとばしる。

絶頂と共に受け入れた白濁はひどく熱い気がして、グレイスは自分の身体が溶けてしまうのではと思ったが、そうなったのは身体ではなく、二度の絶頂に翻弄された意識の方だった。

「グレイス……！」

自分のすべてを絞り出すようにゆっくりと腰を打ち付けたあと、カーティスはグレイスの唇を奪った。

「長年の夢が、ようやく叶いました……」

絶頂と破瓜の衝撃でくたくたになったグレイスの頭を撫でる彼の手はとても優しい。

だからずっと感じていたいのに、熱によって蕩けた意識を保つのはひどく難しくて、グレイスはいつしか深い眠りへと沈んでいった。

＊　＊　＊

目が覚めると、今朝は珍しく霧も出ていない。

すがすがしい朝の光がカーテンの隙間から部屋へと差し込んでいた。

不思議な気だるさを感じながら身体を起こしたグレイスは、ぼんやりする頭をはっきりさせようと大きく伸びをする。

その腕が何か硬いものに当たり、そちらに視線を動かして——今更のように隣に眠るカーティスに気がついた。

彼の穏やかな寝顔を見て、グレイスは昨晩の激しい情事を思い出す。

とたんに彼の側にいるのがひどく恥ずかしくなって、グレイスはカーティスから少し離れると、毛布の間に埋もれていた夜着を纏い、ベッドサイドに置いていたエリックをそっと取り上げた。

見られるのが恥ずかしくて、後ろ——とグレイスが思っている方——を向かせたエリックを腕に抱くと、少しだけ気持ちが落ち着いてくる。

「エリック、私どうしちゃったのかしら」

カーティスがもたらす快楽はこれまで経験したことがない気持ちよさで、疲れ果てて眠りに落ちるまで、彼と触れ合うことしか考えられなかった自分が、少し恐ろしい。

男の人との触れ合いは初めてで、キスの仕方さえよくわかっていないのに、カーティスからは感じやすいと言われるほどなのだ。

「カーティスは喜んでくれたみたいだけど、なんだか少し怖いわ。彼に触れられると、自分が自分でなくなってしまう気がするの」

こうしている今も、いつもの自分に戻れているだろうかと不安で、グレイスはエリックの棘に指を当ててみた。

ちくりと痛みが走り、指の先に小さな赤い玉ができるのを見て、グレイスはなんだか少しほっとする。

「いや、こんなことでほっとするなんてやっぱり変かしら」

今あるすべてが夢ではないと、そして自分がいつもの自分であることを確認するためにエリックを汚すなんて、やっぱり自分はおかしくなったのではないかと、グレイスは思う。けれどエリックに触れ、語りかけ、彼がもたらす痛みを感じていないと、なんだか落ち着かないのだ。

それに、エリックの沈黙はなにより心地よい。

カーティスは口を開けば、あの低い美声でグレイスを賞賛する言葉ばかり言うから、そのたびにそわそわしてしまうのだけれど、こうして見つめていても何も言ってこないエリックはグレイスの心を乱すこともない。

「やっぱり、あなたは最高ねエリック」

「同じベッドの中で違う男に賛辞《さんじ》を向けるなんて罪な人だ」

突然たくましい腕が腰に巻き付き、グレイスは驚いたまま後ろに倒れ込む。

その腕からエリックを取り上げたのはいつの間にか起きていたカーティスで、彼は均整のとれた美しい上半身を毛布から覗かせていた。

朝陽の中ではっきり見える彼の肉体は目にしただけでどきどきしてしまい、グレイスは倒れ込んだまま身動きがとれなくなる。

高鳴り続ける心臓をどうにかしてなだめようと奮闘《ふんとう》する彼女に、カーティスは拗ねたような視線を向けた。

「私のことは褒めてくれないのに、ずるい人ですね」

「カ、カーティスも素敵よ」

「エリックより？」

「サボテンと比べるのは、なんだかおかしくない？」

「でもあなたにとっての一番は彼でしょう」

カーティスはエリックをグレイスから遠ざけるように、枕元に押しやる。

「彼はあなたにとっての王子さまだと前に言っていました」

「小さい頃いろいろあったから。でも、王子さまというのはたぶん、ある種の妄想だし」

「けれどあなたは、現実にいる私より幻の王子の方が良いのでしょう？」

グレイスを抱き寄せ、カーティスは彼女の胸にそっと頭をのせる。

そのままぐずる子供のように頬を押しつけてくるカーティスをグレイスは少しかわいいと思ってしまったが、もちろんそれを言葉にはできない。

「あなたはちゃんと特別よ」

「でも、一番でなければ嫌だ」

身をよじり、グレイスの肌からわずかに顔を上げたカーティスは、上目づかいでじっとグレイスを見つめてくる。

前髪の隙間から覗くエメラルドの瞳はぞくりとするほど美しく、その輝きをまっすぐに向けられると、グレイスの身体はわずかに震えてしまう。

それが劣情からなのか、美しすぎる彼へのわずかな恐怖からなのかはわからないが、それをカーティスは不満に思ったらしい。

「グレイスはもう、私の妻なんです」

拗ねた表情のまま、彼はグレイスをぎゅっと抱きしめ尋ねた。

「だから、可能な限り私を優先してくださいね？」

「もちろん、そうするわ」

強引なところもあったが、こうして結婚したからにはカーティスの妻として努力する覚悟はある。

むしろ彼のためならそれができると思ったからこそ、グレイスは結婚を決めたのだ。

変人な自分を愛し、マーガレットにも幸せな生活を与えてくれようとした彼に報《むく》いたいというのが一番の動機である。

「私に何ができるかはわからないけれど、あなたのためにできることは何でもしたいと思っているわ」

「何でもか……それは嬉しい」

でも一方で、笑みを深めるカーティスの様子は少し不穏なところがあり、不安もある。

「もしかして、何か変なこと考えてる？」

「変なことではないですよ。ただ、ちょっとした我が儘を聞いてもらおうと思って」

我が儘とは何だろうと考えていると、カーティスは突然起き上がり、枕元のエリックを摑んだ。

「彼と距離を置いてもらいます」

「そっ、それは無理」

「……いきなり前言撤回ですか」

呆れたような声に、グレイスははっとする。

「ご、ごめんなさい、つい……」

「何でもするとおっしゃったあの勢いはどうしたんですか？」

「エリックはその、私の一部みたいなものだから、離れろなんて言われると思わなくて」

「でも、私の望みを聞いてくれるんでしょう？」

口調は力強く、しかしあくまでも笑みを崩さないカーティスが、グレイスは逆に怖い。

「それに私の妻となるなら社交の場にも出なければなりません。そういう場所に、さすがにエリックは連れて行けませんよ？」

言葉にされ、グレイスの心がずんと重くなる。

これまでならともかく、エリックを四六時中抱いて歩き続けることが無理なことは、グレイスにもわかっていた。

カーティスの妻となったのだから、その手はエリックではなく彼の腕をとるために使うべきなのだ。

「ごめんなさい、自覚が足りなかったわ」

しゅんと肩を落とすグレイスに、カーティスの顔にはわずかな後悔の念が浮かんだが、彼女はそれに気づいていない。

エリックに手を伸ばさないよう、代わりにシーツをぎゅっと握りしめ、グレイスは落ち着かない心を無理やり押し込めた。

「その様子では、なかなか難しそうですね」

「大丈夫よ。そういうことも、全部覚悟はしていたし……」

大丈夫、私はやれる、エリックがいなくても平気、いける、いける、絶対やれる……。

などと、既にぶつぶつ独り言をこぼし始めることに、グレイス自身気づいていない。

けれどカーティスは、さすがにまずいと思ったのだろう。

「やはりまだ、エリックがいないとあなたはだめなようだ」

カーティスは、視線を合わせるようにエリックと見つめ合い、それからそっと、彼女の近くに鉢植えを戻す。

「まずは訓練から始めましょう。二人きりのとき以外はエリックを愛でてもかまいません」

「それでも、大丈夫なの？」

「いきなりサボテン断ちをしたらあなたは死んでしまいそうだ」

「大げさよ」

「いえ、あなたは絶対死んでしまいます」

断言され、グレイスはなんとも情けない気持ちになる。

「だから少しずつサボテン断ちの訓練をしましょう。同時に、あなたの中で私の存在が大きくなるようにこちらも努力します」

戸惑いの残るグレイスの頬に指を這わせて引き寄せると、カーティスは唇を優しく舐めあげる。

それだけでじんわりと熱を持つ身体にグレイスが頬を染めると、カーティスはグレイスの夜着に手をかける。

「あの、何を……？」

「努力すると、今言ったでしょう？」

夜着を脱がそうとするカーティスに抵抗したいのに、耳元で囁かれた言葉があまりに甘いせいで、グレイスは止めるきっかけを失ってしまう。

そしてカーティスは、グレイスの夜着を素早く取り去ると、エリックの上にふんわりとかけた。

「手始めに、今からひととき、彼のことを忘れさせて差し上げましょう」

カーティスはエリックにしたように、今度はグレイスに優しく毛布を巻き付けた。

それは彼女を捕らえる網のようで、逃げ場を失った彼女はすぐさまカーティスに捕まり、腰をきつく抱き寄せられる。

毛布にくるまれているので肌はさらさずに済んだけれど、生地はそれほど厚くないので、腰や腹部を撫でるカーティスの指先の動きは余すことなく肌に伝わってしまう。

「起きるにはまだ早い時間ですし、もう一度かわいい囀《さえず》りを聞かせてください」

執拗《しつよう》な愛撫から逃れようとする身体を捕らえながら、カーティスがグレイスの短い髪を掻き上げる

「あっ…んっ」

それから食らいつくように、グレイスのうなじに唇を寄せた。

そのまま強く吸い上げながら胸をいじられると、切なさから自然と太ももをこすり合わせてしまう。

「今日も夜まで仕事なので、それまで消えない証を刻んでおきましょう」

首筋に寄せられていた唇が、毛布から零れた肩口と乳房を伝い、それぞれに赤い花を散らしていく。

強く唇を押しつけられ、痕がつくほど強く吸い上げられるたびに、グレイスの腰は戦慄《わなな》いた。

「や…、感じ…ちゃう」

「もっと乱れても、かまいませんよ」

「でも…もう…朝で……」

「朝に愛を交わすのは普通のことですよ？」

毛布から覗くグレイスの足を取り、カーティスは大きく開かせる。

それがたまらなく恥ずかしいのに、無理やり立てられた膝はカーティスの手によって強く押さえられ、閉じることができない。

「それにお仕置きも、しないといけませんから」

「お仕置き…て……ンッ……」

返事の代わりにカーティスはグレイスの密壷に唇を寄せる。

そのままじゅるりと音を立てながら蜜を吸われ、グレイスの腰が大きく跳ねた。

「やぁ……だめ、あっ…ああ…」

うねる舌が媚肉を優しく割り、つんと痺れた花芯を刺激すると、グレイスの口から甘い吐息と嬌声《きょうせい》が零れる。

気持ちいいけれど、それ以上に恥ずかしくて、グレイスは太ももの間で揺れるカーティスの髪に手を伸ばした。

けれど彼女の指が髪に絡まると、舌が巧みに動き、ざらりとした感触は奥へ奥へと進ん

でいく。

「ンっ、ふぁ…、やぁ……」

やめて欲しいはずなのに、身体はまるで今以上の快楽を求めるように、カーティスに腰をこすりつけてしまうのを止められない。

ぬちゃぬちゃと淫らな音が響くたび、身体の奥が痺れて、抵抗する力は失われていく。

「…舐めるの…やぁ…あ…」

失われつつある理性をつなぎ止め、言葉ではそう言えるけれど、吐息混じりの声はカーティスが望む甘い囀りでしかなかった。

「やめて、欲しいですか？」

「だって、恥ずかしい…んっ…」

「でもこれはお仕置きです。そして同時に、あなたのための訓練でもある」

そんな言葉と共に濡れた芽を強く舐めあげられ、グレイスの脳裏に火花が散った。

「これから、あなたがエリックに話しかけるたび、お仕置きとして私はあなたの淫らな口を塞ぐことにします」

上も下もですよと囁く声に、背筋にゾクリと快感が走る。

「ふぁ…あっ、ン、ああ」

膣の中に入り込んだ舌が、グレイスの敏感になった花芯を捕らえ舐める。

お仕置きだなんて言うけれど、あまりに気持ちよくて、声と戦慄きはよりいっそう大きくなってしまった。

「そしてその指に彼の棘を刺すたび、私もあなたを貫き、エリックのことを考えられないようにして差し上げます」

触れ続ける腰から糸を引きつつ唇を離し、カーティスは妖艶な笑顔をグレイスに向ける。眼差しのもたらす期待にふるふると身体を震わせていると、不意に熱の塊がグレイスの媚肉にあてがわれた。

「破瓜を終えたばかりのあなたにするのは少し心苦しいが、これもお仕置きですからね」

ぬちりと、膣が広がる音を響かせながら、蜜を掻き分け、カーティスの先端が中へと入ってくる。

慣れない圧迫感に呼吸が止まりかけるが、舌でほぐされていた中は容易くカーティスを呑み込んだ。

それどころか根元までカーティスをくわえ込んだ襞は、それでもまだ足りないと彼をきつく締め上げる。

「ああ、グレイス。これでは、私がお仕置きをされているようだ」

熱い吐息の混じった声を発しながら、カーティスはグレイスの膝を優しく撫でる。

いつになく余裕のない彼の声を聞いていると、切ない疼きがさらに高まり、グレイスの中はいっそう締め付けを増した。

「そんなにきつくされると、こらえきれない」

「身体が…勝手に……」

言っている側から、蕾の奥がきゅっとカーティスを締め上げるのがわかる。でも自分でもどうやっているのかわからず、止め方はもっとわからない。

「熱くて…何も…わからないの……」

「それでいいんです。快楽に溺《おぼ》れて、今はすべてを忘れてください」

「あ、あアッ…ン…」

「もう一度、いきますよ」

先ほどより深くカーティスの男根がグレイスを突くと、もたらされた刺激によって、グレイスから最後の理性が飛んだ。

「…もっと……あッ、ああ」

男根が蜜を掻き出す淫らな音を聞きながら、欲望に忠実になった心ははしたない望みを言葉にしてしまう。

「もっと、奥がいいんですか？」

「お…く…、奥が……いい」

「昨日はあんなに痛がったのに、今日はずいぶん求めてくれるんですね」

「だって……あぁ、…気持ち…いいッ」

痛みがないわけではないのだけれど、カーティスが肉棒を抜き差しするたびに、それらは少しずつ快感に変わっていく。

むしろ痛みを忘れたくて、その奥にある快楽が欲しくて、グレイスはもっともっとと喘いでしまう。

「欲しいと言うなら、私も遠慮はしませんよ」

グレイスの傍らに手をつき、わずかに腰を傾けて、カーティスはさらに深い場所へと自らを突き立てる。

その力強さにグレイスの身体が跳ね、シーツの海を泳いでいた腕が側に置いてあったエリックの鉢植えを払った。

その拍子に鉢が倒れ、エリックの棘がグレイスの手の甲を突く。

「あッ…」

その傷みで一瞬だけ理性を取り戻しかけたけれど、エリックに向きかけた視線は、カーティスによって遮られた。

「今は私だけを見ていてください」

甘い声音と視線に意識を絡め取られた直後、グレイスの一番深い場所を、カーティスの先端が抉った。

「あああ、ン、いイっ…ああ、ッ…！」

思考が焼けるほどの快楽が腰の奥から這い上がり、グレイスはカーティスを呑み込んだまま一気に果てる。

「素敵ですよ…私も、もう…」

四肢を震わせ、それでもなお男根をくわえ込んで放さぬ淫らな媚肉の戦慄きに、カーティスもまた彼女の中で果てていく。

蜜と白濁によってお互いをつなぎ合わせながら、二人はすべてを解放し、隙間なく身体を重ね合わせる。

肌の触れ合いがもたらす熱にじんわりと汗が浮き、二人はまどろみの中で視線と唇と汗を交わらせた。

「あなたは、私だけのものだ」

悦楽の余韻に震えるカーティスの声を聞きながら、グレイスは小さく頷き、そして意識を手放した。

第四章

「今日は何回、エリックに話しかけましたか？」

「……七回です」

「だいぶ減ってきましたね。それで、棘には触れていませんか？」

「そちらは二回だけ」

「おや、昨日より回数が増えているのでは？」

「だけど血を出すほどじゃないし、先っちょだけで……」

「でも触れたんですよね？」

「は、はい……」

それならお仕置きですねと囁かれ、グレイスは羞恥を覚えて、小さく呻く。

ここ数日、夜になると決まって、カーティスは書斎にグレイスを呼び出し、昼間の動向をチェックする。

エリックに語りかけ触れた回数を尋ねては、それに合わせたお仕置きという名の淫らな行為を毎夜強制されているのだ。

その激しさは翌朝なかなか起きられなくなるほどで、最初は抵抗もあった。

しかしそのおかげで以前よりはエリックとも距離を置けるようになってきたし、なにより慣れは恐ろしく、近頃はわずかだがお仕置きへの戸惑いも薄れていた。

(でも、これに慣れてしまっていいのかって疑問はあるけど……)

少なくとも、自分の考えをこうして頭の中に収めておけるようになったのはカーティスのおかげだろう。

それにお仕置きはちょっと恥ずかしいけれど、それ以外のときのカーティスは親切で優しく、新生活に慣れないグレイスのことを陰になり日向になり支えて、見守ってくれている。

容姿は昔と変わってしまったけれど、彼の優しさは昔のままだとわかれば、グレイスの方も少しずつ昔の彼に抱いていた好意を取り戻しつつあった。

「そういえばマーガレットさまから聞きましたが、マナーの勉強にも力を入れているそうですね」

「ええ。さすがに今のままでは、いずれ恥をかいてしまうから」

だから力を入れているのだと告げれば、カーティスはなぜだか少し怪訝そうな顔をする。

「あまり無理はしない方が良いですよ。練習など積まなくても、サボテンの問題を抜きにすれば、あなたは今でも立派な淑女です」

「調子に乗りたくなるから、あまり褒めないで」

「いえ、おせじではなくて」

言いながら、カーティスはグレイスをじっと見つめる。

「長い間労働階級にいると立ち居振る舞いが変わってしまうものですが、あなたは昔のまままだ。所作はもちろん発音も綺麗なままで、正直驚いていたくらいです」

「たぶんそれは、おばあさまのおかげよ」

爵位こそ失ってしまったけれど、貴族の心まではなくしてはいけない、というのがマーガレットの口癖で、躾だけは厳しくされてきたのだ。

令嬢として得た知識や教養もいずれ役に立つ日が来るからと言われ、今も時折マーガレットからマナーのレッスンを受けている。

「それに、『サボテン好きが治せないなら、せめて立ち居振る舞いくらいは女性らしくしなさい』ってうるさく言われて」

かつてマーガレットの知人の家で家庭教師をしていたこともあると告げれば、カーティスは少し驚いた顔をする。

「どうして続けなかったんですか？　あなたなら教養もあるし、良い家庭教師だったでしょうに」

「うまくエリック断ちができなくて、こっそり彼と話しているところをお嬢さんに見られてしまったの」

「それで、辞《や》めさせられたんですか？」

「ううん、自分から辞めたの。その家のお嬢さんが、まだ幼くて多感な時期だったせいか、私をまねて家の鉢植えに話しかけるようになっちゃって……」

「それを気に病んだのですね」

「私のような変人を、これ以上生み出しちゃだめだと思って」

お嬢さんとは気も合い、辞めるときは泣いて引き留められたけれど、結局、家庭教師の職は辞し、以後は紡績工場など、エリックを持ち込んでも不問にしてくれる職場を選ぶようになったのだ。

「残念ですね。植物を愛する心を教えられる、良い教師だったでしょうに」

「そう言ってくれるのはあなたくらいのものよ」

「でもあなたのような人に教わりたいと思う人は多いと思いますよ」

「それもあなただけよ」

「では、私だけの家庭教師になるのはいかがですか？」

おもちゃを見つけた子供のような顔をして、カーティスはグレイスの手の甲にキスをする。

「私があなたに教えられることなんて何もないわ」

「サボテンのことはどうです？　さすがにその知識はあなたに敵《かな》わない」

「それなら確かに教えられるけど、あなた、サボテン断ちをしろと言ってなかった？」

「私はエリック断ちをしていただきたいだけです。サボテンを愛でる姿はむしろかわいらしいとも思っているので」

「変とか気持ち悪いとか不気味とかなら言われたことがあるけど……」

「皆、見る目がないだけです」

グレイスからしたら、自分をかわいいと言い切るカーティスの方が心配になるが、それを指摘すべきか迷っているうちに、彼の甘い言葉は続いていく。

「それに、あなたは日に日に美しくなる」

ここ数日の規則正しい生活と健康的な食事のおかげで、グレイスの肌は生来の美しさを取り戻し、髪は艶やかだ。

それを間近で見ているカーティスはなにやら心配そうにしているが、グレイスはそれらを確認するすべがないので、いまいち自覚がない。

「だから私も少し悩んでいるんです。サボテンによって隠されていたけれど、エリックを手放せば皆があなたの美しさに気づく」

とはいえ……と、カーティスはそこで不意にグレイスの腕からエリックを奪う。

「今のところは、その心配はなさそうですが」

そう言ってカーティスが見つめているのは、エリックを奪われるやいなや、ガチガチに固まってしまったグレイスの身体だ。

そのまま落ち着かない気持ちを抱きながら、エリックを返して欲しいと目で訴えれば、カーティスは困ったように眉を寄せた。

「生まれたてのヒヨコみたいになっていますね」

エリックを返してもらおうと、腕を差し出した姿がおかしかったのだろう。

カーティスの指摘に慌てて腕を下ろすが、鏡を見るまでもなく自分の動きが変になっていることはわかった。

「エリックが急にいなくなると、自分でも驚くほど落ち着きがなくなってしまって」

「今まで、エリックと離れたことはなかったんですか？」

「基本はそうね。離れたとしても少しの時間と距離が限界だから」

「仕事中も？」

「一緒よ」

「食事中も？」

「いつも、隣の席に座ってくれるの」

「まさかお風呂もですか？」

「一応、ハンカチで目隠しはするけど一緒ね」

「……うらやましい」

カーティスが何かこぼしたように聞こえたが、エリックを奪われた緊張でグレイスはそれを聞きとることができなかった。

「だからね、急にエリックを奪うのはやめて欲しいの。もちろんその、訓練はするつもりだけれど」

そもそも、再会や結婚など急な出来事が立て続けに起こったせいで、新しい生活にグレイスはまだ慣れていないのだ。

その上無理やりエリックを取り上げられたら、グレイスは平静を保てない気がする。

「エリックは私の心を穏やかにしてくれる存在だから、急になくなると困るし」

「その役目は、私にいただけませんか？」

「えっ？」

「あなたの側にいて、あなたの心を穏やかにする役目は是非私にいただきたい」

そういうカーティスはやけに真剣で、だからこそグレイスは困ってしまう。

だって、今一番グレイスの心を乱しているのはほかならぬカーティスなのだ。

「でも、エリックじゃないと……」

　とたんに、カーティスは傷ついたような顔で視線を落とす。

　どうやら自分は言葉を間違えたようだと気づくが、カーティスはただ無言でエリックをグレイスに戻した。

「どうやら私はまだ、あなたに受け入れてもらえていないらしい」

「そういうわけじゃ……」

「ですがあなたの心を癒やせるのは、私ではないのでしょう？」

　否定はできず、グレイスは言葉に詰まる。

「……ごめんなさい」

「いいんです。しかしそれなら、少しやり方を変えなければ」

　仕事をしているときのような顔をして、なにやら考え込むカーティス。

　真剣な表情もどこか色っぽい彼に思わず見とれていると、カーティスは不意にふっと頬を緩ませた。

「……完璧だ」

「え？　何が？」

「あなたに私をもっと好きになってもらう方法を考えていたんです」

　そしてその完璧な方法を思いついたと笑うカーティス。

その笑顔は相変わらず美しかったが、グレイスは不安でしかない。

「エリック、カーティスったら何か悪いことを企んでそうな顔してる」

「悪いこととは心外ですね。私はただ、あなたに愛されるための策を練っているだけです」

「うっ……」

「いずれ、その独り言も私に向けてもらえるようになりたいですしね」

ひとまず、今日の分のお仕置きをしましょうかと頬を撫でられ、グレイスは不安と共にわずかな期待に震える身体を、カーティスに預けた。

＊　＊　＊

グレイスの不安が的中したのは、それから三日ほどたったある朝のことだった。

その日はカーティスにとって久方ぶりの休日だったが、グレイスが起きると既に彼の姿はなかった。

いつもの休日なら昼過ぎまでグレイスから離れないのにおかしいなと思いながら、その疑問をエリックにぶつけようとグレイスは枕元に手を伸ばす。

「……あれ」

しかしいつもの位置にエリックはおらず、慌てて周囲を見回しても親友の姿は影も形もない。

とたんに身体の奥がすっと冷え、グレイスは呼吸すらままならなくなる。

そんなとき、勢いよく扉がノックされ、部屋にカーティスがやってきた。

いつになくさわやかな笑みは朝から無駄に輝いていて、それを見た瞬間グレイスはカーティスが数日前に口にした言葉を思い出した。

『あなたに私をもっと好きになってもらう方法を考えていたんです』

そう言った彼の顔を思い出した瞬間、グレイスはベッドを飛び出しカーティスの腕を掴んでいた。

「まさかあなたから抱きしめてくれるとは」

「抱きしめてないし、私は怒ってるの！」

「怒ってる？」

そこで初めて、カーティスは目を吊り上げるグレイスに気づいたらしい。

けれど彼は、その言葉をあまり重く受け止めていないようだった。

「怒った顔も、かわいらしいですね」

「そういう冗談はいいから、返して！」

いつもだったら、彼の掴みどころのない笑顔も許せるけれど、エリックがいないグレイスにその余裕はない。

「エリックをどこかに隠したでしょう！」

「ああ、そのことですか」

「そのことですか……じゃないわ！　寝てる間に隠すなんて、さすがに卑怯《ひきょう》よ！　急にいなくなったら、私がどうなるかわかってるくせに！」

卑怯という一言に、カーティスは眉を寄せたがグレイスは気づかない。

「サボテンが好きな私がかわいいなんて、あれも本当は嘘なんでしょう？　私の趣味が嫌いなら、そうはっきり言えばいいのに」

「そんなことはありません。私はあなたを……」

「じゃあなんで、こんなひどいことするのよ！」

いきなり引き離すなんてひどいと言ってしまってから、グレイスは自分を見つめるカーティスの瞳が傷ついたように揺れていることに気づいた。

さすがに言い過ぎたと思ったけれど、謝罪の言葉は喉の奥に張り付いたまま出てこない。

しかし沈黙が続けば続くほど、悪いのは自分だという気持ちが強くなり、いたたまれなくなってしまう。

「……ちょっと、外の空気を吸ってくるわ」

これ以上カーティスにひどい言葉をぶつけてしまわないようにと、グレイスは慌てて部屋を出ようとする。

けれどその腕をカーティスが強く摑んだ。

「そっちは、出口じゃありませんよ」

指摘され、グレイスはまったく真逆の方向に歩いていた自分に気づいて恥じ入るばかりだ。

「エリックがいないと、あなたはまともに歩くことすらできないんですね」

「……そ、そんなわけないじゃない」

ただ、まだ部屋の間取りを覚えていないだけだと言い訳し、再び歩き出したグレイスだったが、カーティスの腕にもう一度止められる。

「そこは、浴室です」

「……知ってたわ」

「私もついて行きます。こんな様子のあなたを、一人になんてできません」

「なら、エリックを返して」

「嫌だと言ったら？」

不機嫌そうな声に、グレイスも負けじと眉を寄せる。

そのまま二人で軽くにらみ合っていると、どこからともなく呆れたようなため息がもれた。

「痴話喧嘩はそこらへんにしたら？」

その声は、部屋の入り口に立っていたマーガレットだった。

どうやら、二人が言い争う声を聞いて部屋に来たらしい。

彼女の登場にグレイスは驚くが、それ以上に彼女の腕に抱かれていたものに驚喜《きょうき》した。

「エリック！　おばあさまが見つけてくれたの？」

慌てて駆け寄り彼を腕に抱くと、ようやくほっとすることができた。

とたんに沸き立っていた頭も冷静になり、グレイスはカーティスに吐いてしまった暴言を改めて思い出した。

先ほど言えなかった謝罪の言葉を口にしようと、カーティスを振り返ると、彼は珍しく、ばつが悪そうに視線を下げていた。

そんな彼に何と声をかけるべきか迷っていると、マーガレットがグレイスのおでこを軽く小突《こづ》いた。

「それにしても、あなたは相変わらずエリックがいなくなるとだめね……。カーティスもごめんなさいね、この子が変人なばかりに苦労させて」

「いえ……」

苦笑するカーティスの顔はどこか傷ついているようにも見えて、グレイスは慌てて彼の側に歩み寄る。

冷静になってみると、改めてカーティスに申し訳ないことをしたと後悔した。

「本当にごめんなさい。私その、エリックがいないと感情をコントロールできないみたいで」

「変な子でしょう？　それで、前も大騒ぎになったことがあってね」

マーガレットが明るい声を出してくれたおかげか、カーティスもようやく視線を上げる。

「私も以前この子を矯正させたくてエリックを取り上げたのよ。そうしたら泣くわわめくわの大騒ぎでね」

「……あ、あれは小さい頃のことだし」

「今もあまり変わらないと思うけど」

返す言葉がなく、グレイスは呻きながら黙る。

「挙げ句の果てに夢遊病になっちゃって、翌朝ゴミだめの中で寝てるグレイスを見つけたときは肝が冷えたわ」

「そこまで深刻だったんですか？」

「む、昔の話よ！」

グレイスは慌てて付け加えたが、今度はカーティスが申し訳なさそうにする。

「あなたの憤りもわかる気がします」

「今は昔ほどじゃないわ」

それに、エリックも戻ってきたし大丈夫だとグレイスは告げる。

「訓練もしてるし、急になくならなければ大丈夫」

それに今日は起きたばかりのことだったから余計に混乱していたのだと、情けない言い訳を重ねていると、カーティスが不意にグレイスの頰に手を添える。

「もう怒っていませんか？」

「ええ。むしろ、ひどいことばかり言ってごめんなさい」

「こちらこそ」

そう言って頰に優しくキスをしてから、カーティスはグレイスの腕をとった。

「言い訳になってしまいますが、私は嫌がらせでエリックを取り上げたわけじゃないんです。むしろ、あなたに喜んでもらいたくて」

「喜ぶ？」

思わず首をかしげると、マーガレットが「二階の客間に行ってみなさい」と微笑んだ。

「そこで、私はエリックを見つけたのよ」

エリックを持ち出した理由もわかるはずだとマーガレットに言われ、グレイスは早速客間に向かう。

「あなたには嘘だと言われましたけど、私は、本当にサボテンを愛でるあなたのことを好ましく思っているんですよ」

それを証明するために準備したのだと言って、カーティスは客間の扉をゆっくりと開けた。

「————!!」

中を見たグレイスは、目の前に広がる光景に唖然とした。

「ちょっとしたサプライズのつもりだったんです。この部屋にエリックと彼らを置いたらあなたが喜んでくれるかなと思って」

そう言ってカーティスが披露したのは、部屋の中に所狭しと並べられたサボテンだ。

窓辺はもちろん暖炉や書き物机の上にまで、多種多様なサボテンがある種異様に部屋を彩っている。

普通の女性なら悲鳴を上げてしまいかねないほどの光景だが、もちろんグレイスは真逆だ。

「これ、どうしたの?」

「エリック断ちの一環として集めたんです」

「でも、むしろエリックの仲間が増えてるわ」

それこそが作戦なのだと、カーティスはわずかに胸を張る。

「あなたにとってエリックだけが特別であることが、一番の問題なのかもしれないと思ったのです。だからこうしてほかのサボテンと一緒に育てれば、逆に距離をとる近道になるかなと」

　それに、サボテンとの触れ合いをいきなりなくそうとするからうまくいかないのかもしれないと、彼は考えたらしい。

「サボテンに触れる時間と触れない時間にメリハリをつければ、エリックと離れることへの抵抗感も薄れるんじゃないかと思って」

「確かに、いきなり離されるよりずっといいかも」

「それに、私が差し上げたサボテンなら、手入れをするたびに私のことも思い出してくれるでしょう？」

「でも、こんなにたくさんいいの？　集めるの、大変じゃなかった？」

「実を言うと、あなたを家に迎えると決めて以来ずっと収集はしていたんです。あなたが結婚を嫌がったら、これで釣ろうと思って」

「確かに、これは釣られていたかも」

　正直に白状すると、カーティスは苦笑する。

「私のこと、ちゃんと考えてくれていたのに疑ってしまってごめんなさい」

「いいんです。よくよく考えれば、私たちはいろいろと順序が逆でしたし」

「順序？」

「本当なら結婚する前に、自分の気持ちや考えをあなたに伝えるべきだった」

それからカーティスは、グレイスの抱えるエリックに視線を落とす。

「サボテンを愛することをやめろとは言いません。ですが、私の妻として私を優先してもらわなければならないときもあるんです」

「ええ。それは、ちゃんと、あなたを優先するようにするわ」

今だって本当は今すぐにでもサボテンに駆け寄りあれこれ世話したいが、グレイスは我慢している。

(さっきは失敗しちゃったけど、カーティスにこれ以上失望されたくないし)

釣るためだと言っていたが、きっと彼はグレイスが喜ぶと思ってこのサボテンを集めていてくれたに違いない。

自分の悪癖のせいでカーティスをこれ以上困らせたくなくて、グレイスはもっとしっかりしなければと改めて覚悟を決める。

「エリックに関してはまだ少し訓練が必要だと思うけど、頑張るから」

「無理をしていませんか?」

「大丈夫よ」

混乱するときがあるのは確かだけれど、自分のために言ってくれているのはわかっているからと告げればカーティスはほっと息を吐く。

「カーティスこそ、私にして欲しいことがあったらもっと言ってね」

「今以上のことなど望みませんよ」

「けど、あなたが私のことを考えてくれているように、私ももっとあなたのために何かしたいの」

　カーティスはいつも仕事で忙しいし、その上でグレイスのために貴重な時間を使ってくれている。

　それを今はサボテン断ちの訓練に当ててしまっているけれど、妻としてほかにも彼のために何かしたい。

「あなたがサボテンを用意してくれたように、カーティスがこの家で安らげるようにもっと何かできることがあれば……」

「あなたがいてくれるだけで、私は安らげていますよ」

「そういう割には、カーティスが肩の力を抜いたところ、あまり見たことがないし」

「そうですか？」

「ええ、いつもきちっとしているというか、完璧な紳士すぎるわ」

「そうありたいと思っているので」

「でもそれって、疲れない？」

　尋ねると、カーティスは首をわずかにかしげる。

「私の前では完璧でなくてもいいのよ？」

「むしろ、完璧でありたいのかもしれません。あなたに情けない姿は見せたくないし」

「昔は結構情けなかったじゃない」

「だからこそですよ」

今は完璧な紳士として、あなたをリードしたいのですと告げながら、カーティスはグレイスとの距離を詰め、腰に腕を回す。

「でも、あなたが私のためにと言ってくれるのは嬉しいです」

「嬉しく思っているなら、何かさせてくれてもいいのに」

「そこまで言うならそうですね……」

どこか不敵な笑みを浮かべ、カーティスは周りに並ぶサボテンに目を向ける。

「実はもう一つ、サボテンを集めた理由があるのですが」

「理由って？」

尋ねると同時にグレイスを抱き上げると、サボテンが並べられた書き物机の上に彼女を乗せる。

ぐっと近くなった距離に驚いていると、グレイスを見つめるカーティスの瞳がとたんに甘さを帯びた。

「サボテンを見るたび、私のことを思い出して欲しいと言いましたよね？」

言葉の合間に、唇をちゅっとついばまれ、グレイスの頬が真っ赤に染まる。

「あの、もしかしてここで……？」

「サボテンの中であなたを乱したら、彼らを見るたびに熱い触れ合いを思い出してくれると思って」

「見られながらするのは恥ずかしいんだけど」

「あえて、見せつけるのですよ」

エリックにもねと微笑みながら、カーティスはグレイスの隣に彼を置いた。

机の上に座らされたせいで、いつもは見上げているカーティスの顔が目の前に迫り、なぜだかお腹の奥がきゅっと震えて、熱くなる。

「私のために何かしたいと思ってくれているなら、今ここで私を受け入れてください」

「言ったけど、これはなんだか変な感じがする……」

「おや、もしや見られると興奮するたちですか？」

からかうような声と共に、ついばむようなキスは荒々しいものへと変わり、慌てて引き結んだグレイスの唇をカーティスの舌がなぞった。

「拒まないでください。さあ、口を開けて」

淫靡な声に、自然とグレイスの口元が緩む。

とたんにカーティスの舌が歯列を巧みにこじ開け、その奥で震えていたグレイスの舌を絡めとった。

「は…ぁ…む……」

戸惑う唇を貪りながら、カーティスは優しい舌使いでグレイスの口内を犯していく。

何度交わしても、呼吸の仕方が下手なグレイスは長いキスに息苦しくなってしまう。

空気を吸おうと何度も口を開けるが、そのたびにカーティスの唇と舌に自由を奪われてしまった。

「いき…が……」

「鼻を使うのだと教えたでしょう？　あなたの唇は、今は私のものだ」

言われたように鼻を使って呼吸をしてみるけれど、やはりうまくいかず、酸素は少しずつ奪われていく。

そのまま思考がぼんやりと蕩け始めたとき、カーティスがドレスの上からグレイスの胸に強く触れた。

「……あっ……ん」

身体が跳ね、それに合わせて机の上にのっていたエリックたちもカタンと揺れる。

彼らが落ちてしまったらどうしようと思うのに、身体の奥ではじけた愉悦は我慢できない。

「あなたの乱れた姿をエリックたちに見せつけましょうね」

「……ンッ、ああ…ん」

先ほどよりも強く胸を掴むカーティスの手のせいで、甘い吐息が次々と零れ出す。

それを止めたいのに、気がつけばグレイスは机の上に押し倒され、カーティスのたくましい身体によって自由を奪われた。

グレイスができるのは、机の端をぎゅっと握りしめ、荒々しい愛撫と口づけに跳ねる身体がずり落ちないよう支えることだけ。

「胸…触ら…な…いで」

「でも、悦《い》いんでしょう？」

「声…が…」

「かまいません。むしろ、もっとはしたない声が聞きたい」

グレイスを啼《な》かせようと、カーティスは胸への愛撫と口づけを交互に与え、彼女の官能をゆっくりと引き出していく。

「ん…だめ…ゃ…あ……」

「嫌がっているようには聞こえませんね。むしろ、強請《ねだ》っているようだ」

「ちが…う…」

「ならばやめてもいいんですか？」

ドレスの上から胸の頂を指先でピンとはじき、カーティスは笑顔を浮かべる。

とたんに胸の頂と腰の奥から切なさが溢れ、グレイスは無意識に身体をくねらせた。

誘うような動きにカーティスは笑みを深め、もう一度胸を擦りあげる。

「……んッ、や…ぁ」

「もっと強い刺激をお望みのようですね。直に触って欲しいですか？」

甘い囁きが何を意味しているのかは、疎いグレイスでもさすがにわかる。

慌ててかぶりを振ろうとするが、それより早くカーティスが首元のリボンを解いてしまう。

緩んだドレスを引き下げ、零れた乳房を手のひらで掬い上げるように包み込むカーティスの表情はどこか妖艶で、それを見ているだけでグレイスの身体は熱を高めてしまう。

そんな自分をはしたなく感じ、肌の上を滑るカーティスの温もりにこれ以上溺れないように抵抗するが、起こそうとした身体はもう一度、机に縫い付けられてしまう。

そして気がつけば、スカートの裾も淫らにたくし上げられていた。

「ん…ふぁ……」

あらわになった太ももに指を這わせながら、カーティスはグレイスの首元に唇を寄せる。

わずかな痛みと熱が首筋に走り、ぞくりと快感が身体を駆け抜ける。

「ぅ…く…ンッ」

太ももを撫でる手によって、快感は大きな波へと変えられ、首筋を嬲る舌はグレイスの思考を甘く溶かしていく。

「今すぐにでもすべて脱がせたいですが、思い出を刻みつけるためにも今日はゆっくりしましょう」

「……く……ぁ…ああ…ぅ」

太ももに添えられていた手がゆっくりと這い上がり、グレイスの下着越しに敏感な箇所を覆う。

触られる前から濡れていた花芯を下着の上から指先で強くこすられると、悲鳴にも似た嬌声が零れ、腰がまた大きく跳ねてしまった。

「ここですね？」

「…や…変……に…」

「少し物足りないかもしれませんが、我慢してください」

くちゅりと音を立てながら、カーティスは下着の中に手を入れて蜜口を優しく愛撫する。

「さあ、もう少し強くしますよ」

こんなときでも余裕の声を耳元に落としてから、カーティスは指先でグレイスの淫芽を探し当て、嬲るようにこすりあげた。

「あっ…やぁ…ああ、あッ…！」

割れ目の間を何度も往復する指先の動きに合わせ、声と蜜が溢れ出す。

身体が燃えるように熱くなり、じわりと肌を伝う汗が乱れた髪とドレスを濡らすが、今のグレイスにはぬぐう余裕すらなかった。

無意識に揺れる腰も止められず、二人分の体重がのった机がぎしぎしときしみを上げる。自分も机も壊れてしまうのではと不安に思うのに、カーティスが止まる気配はなく、グレイス自身も言葉を口にする余裕がない。

「さあ、達《い》ってしまいなさい」

甘い声音と吐息を唇に落としながら、カーティスが先ほどより強くグレイスの花芯を指でなぞる。

とたんに、甘い衝撃がグレイスの奥から這い上がる。

「……んっ、あッ…ああッあああ…！」

ずり下ろされた下着に代わって、グレイスの秘部を覆うカーティスの手のひらに蜜をこぼしながら、グレイスに絶頂が訪れる。

快楽に心を奪われ、ぬけがらになった身体は大きく引きつり、たくし上げられたドレスの内側では濡れた太ももが淫らに震え続ける。

そのまましばらく痙攣は続いたが、快楽の波が引くのに合わせて身体の力も抜けてしまい、最後は糸の切れた人形のように、机の上で動けなくなった。

ぼやけた視界の隅にたくさんのサボテンが映るが、今のグレイスにはそれが見えてはいない。

今、グレイスの頭を占めるのはカーティスのことだけだ。

「汗と蜜でドレスが汚れてしまいましたね」

絶頂の余韻で朦朧《もうろう》としているグレイスを抱き起こし、カーティスは子供をあやすように、頭を優しく撫でる。

「着替えを用意しましょうか」

優しくかけられた言葉に、グレイスはようやく自分を取り戻し始める。

けれど今は、彼にもっと触れて欲しくて、カーティスもそんな彼女に気づいているようだった。

「あなたが欲しいのは、別のものですか？」

問いかけに小さく頷くと、カーティスはもう一度身体を重ね、グレイスの唇を荒々しく奪う。

そして二人はサボテンたちに見守られる中で、お互いの熱に溺れていったのだった。

第五章

積み上げられた書類にサインをしていこうとペンを持ち上げたところで、カーティスは指先を走る痛みに顔をしかめた。

「怪我でもしたのか？」

社長室の机に書類をさらに積み上げていたリカルドが、カーティスの表情に気づいてわずかに首をかしげる。

「昨日、サボテンの棘が刺さってしまって」

「サボテンって、あの子のか」

以前グレイスと一緒に仕事をしていただけあり、リカルドの理解は早かった。

「いえ、別のものです。側に置いてあったのが柔らかそうだったので、油断しました」

手首や腕にもいくつか傷があり、それはすべて昨日の行為の最中に負ったものだった。

グレイスを棘で傷つけないように気を使っていたが、自分の方はおろそかになっていたらしい。

「もしかして、あのサボテン娘に手を焼いているのか？」

傷を確かめていたカーティスに、リカルドは尋ねる。

普段は人の顔色など気にしない無口な友人が、今日はどこか心配そうに自分を見つめていることに気づき、カーティスは思わず苦笑した。

「そう見えます？」

「ああ。最近ため息も多い」

「恋のライバルが強敵で」

「まさかお前、やっかいな女に手を出してるんじゃないよな？　グレイスのことは、本気だって言ってただろ？」

「もちろん本気ですよ。だから私のライバルは、サボテンです」

刺し傷を眺めながらぼんやりこぼすカーティスに、リカルドは怪訝な顔をする。

「確かにあの子、サボテンを持ち歩いてはいたが……」

「エリックです。グレイスの王子さまで、彼のせいで私はいつも二番手だ」

「……サボテンに負けてるってことか？　お前が？」

「今のところ、完敗です」

言いながら、カーティスの脳裏によぎったのはエリックを勝手に移動させたときに見せたグレイスの反応だ。

彼女はいつも穏やかで、カーティスやマーガレットの計画した強引な結婚さえ異を唱えなかったのに、あのときのグレイスはまるで別人のようだった。

それほど、エリックの存在はグレイスの中では大きいのだろう。

「彼女の中でエリックが特別なことは知っていたのですが、ここまでとは思わなくて」

グレイスには隠していたが、カーティスは結婚の許しを得るために何度もマーガレットのもとに出向いている。

だからグレイスがいかにエリックに依存しているかは聞いていたけれど、それを甘く見ていたのだ。

自分は幼なじみだし、小さい頃のグレイスは自分に好意を向けてくれていた。そして今のカーティスはもう昔のように醜く根暗な青年ではないし、一生遊んで暮らせるほどの資産を持つ大富豪だから、自分を拒む要素など何一つないと思っていたのだ。

だがふたを開けてみれば、どうやら生まれ変わったカーティスをグレイスはあまりよく思っていないらしい。

「いっそ、昔の醜い自分に戻ればエリックに勝てるのでしょうか」

「お前の顔が醜くなったら、社交界の女たちは発狂するな」

「そんなのかまいませんよ。グレイスが好んでくれるなら、ほかはどうでもいい」

しかし、今のカーティスはいくら不摂生《ふせっせい》をしても美しいままだ。

そしてその美しさにグレイスが引け目を感じていることは明白で、カーティスは彼女と再会してから何度自分の顔を過去の自分と取り替えたいと思ったかわからない。

サボテンに似たあの醜い顔だったら、きっと彼女はもっと自分を受け入れてくれただろうとさえ考えてしまう。

「昔は醜い顔を呪っていたのに、まさかその逆になるなんて……」

「頼むから、その顔を傷つけたりはするなよ。お前の容姿につられて商談を受けてくれる貴族だっているんだ」

「でももし醜くなれる薬があるならば、私はいくらでも飲みたいです」

「顔だけ変えてよくなる保証もないだろう？　そもそも、醜くても気にしない女なら綺麗な顔だって問題ないはずだ」

「それはまあ、確かにそうですけど」

「それに話を聞いてると、お前ら十二年も会ってなかったんだろう？　それがいきなり結婚なんてしたら、誰だって戸惑うだろうしなかなか慣れるもんでもねぇだろう」

リカルドの言葉はもっともで、カーティスは返す言葉がなかった。

ブランクはあったが、それを補うだけの絆が二人にはあると信じ、グレイスの戸惑いを無視してカーティスは無理に事を進めてしまったのだけれど、それが強引すぎた自覚は彼にもある。

「サボテンってのは確かに変だが、強引な夫より愛着があるものにすがる気持ちは俺でもわかるぞ」

「まさかリカルドに、そんな適切なアドバイスをもらえるとは思いませんでした」

「お前、喧嘩売ってんだろ……」

「いえ、恋愛関係はあまり得意そうに見えなかったので素直に感心しまして」

「お前らの問題は、恋愛以前の問題だと思うぞ」

だから客観的な意見なら言えるというリカルドに、カーティスはそっと感謝する。

「お互いを知り合うか……」

しかし今更、あなたのことを教えてくださいと素直に言うのも難しい。

「探偵を雇っていろいろ調べてみるべきでしょうか」

「いや、普通に聞けよ」

「素直に打ち明けてくれなかったら、嫌じゃないですか」

「お前、意外と気弱だな」

「気弱じゃなかったら、そもそも強引に結婚なんてしてません」

それに、今更面と向かって「あなたのことを知りたい」なんて聞くのはあまりに情けない。

自分のことを何も知らずに結婚したのかと幻滅され、芽生え始めた信頼感を壊すのも怖かった。

「探偵はやめた方がいいと思うぞ。ばれたときに絶対揉める」

「じゃあ、どうやって調べろと？」

「友達とか会社の同僚に、それとなく聞くとか？」

「でもグレイスには友達がいません」

答えるとリカルドは複雑そうな顔で呻く。彼女の変人ぶりを間近で見ている彼は、なんとなく事情を察したのだろう。

「同僚とも距離を置いていそうだったしな」

リカルドの言葉に落胆しかけて、そこでふとカーティスは気づく。

「……でも、ナターシャとは割としゃべっていましたよね」

結婚パーティに彼女を呼ぼうと言ったときも嬉しそうに賛成していたし、たぶんグレイスにしては親しい間柄にあるに違いない。

あの二人は変わり者同士で似ているから、馬が合うのかもしれないと思い、カーティスはすぐさま秘書室に向かう。

するとそこには、珍しく険しい表情を浮かべたナターシャがいた。

「やりませんよ」

「話を聞いていましたね」

「ええ、だからやりません」

それより……とナターシャは何かカーティスに告げようとしたが、それより先に彼は口を開く。

「彼女に、いろいろと探りを入れてきてください」

「無理です。嘘もうまくないですし、取り繕える性格ではないので、うまく情報を引き出すなんて芸当はできません」

「だとしても、グレイスが信頼して話しそうな友人はあなたしかいない」

ナターシャの肩を摑み、お願いだと頼み込むカーティスに彼女は結局折れた。

「……まあ、話をするくらいなら」

「ありがとう」

「ですがその前に、ちょっと私の話を聞いてください」

「報酬なら、ちゃんとお支払いしますよ」

「そういうことではなく」

言いながら、ナターシャが出したのは低俗なゴシップ誌だ。

その一面には、カーティスが誰かと結婚するらしいという見出しが踊っている。

「もう漏れたんですか」

「ええ。結婚相手は自分か確認したがる女性たちからの電話が、ひっきりなしにかかってきて」

「図々しい女たちですね」

「まあそれは想定していましたが、その中に時々妙な電話があって」

その先を説明しようとしたところで、タイミングよく電話が鳴る。

それを取ろうとしたナターシャを制し、受話器を取り上げたカーティスは相手が出るのをしばし待った。

「ハーツマリンカンパニー社長室です」

受話器に口を当てると、沈黙が返ってくる。

しかし耳をすませると誰かが受話器の向こうで息を潜めている気配がするので、交換局のトラブルではないようだ。

「もしもし？」

念のためもう一度声をかけて返事を待つ。

けれどやはり沈黙は続き、仕方なくカーティスは受話器を置こうとした。

「……………人殺し…………」

だがそのとき、か細い声がかすかに届く。

慌てて受話器を耳に当て直すと、電話の相手の呼吸音が大きくなった。か細い声のせいでよく聞き取れないが、恨みのこもった声がカーティスの耳に呪いのような言葉を刻みつける。

そしてそれは突然ぷつりと途切れ、電話はすぐに切れてしまった。

「人殺しって言われたでしょう」

ナターシャの言葉に、カーティスは頷く。

「この電話はいつから？」

「昨日です。でも、ほかにも気になる噂が……」

ナターシャが先を続けようとしたところで、秘書室にリカルドが入ってくる。

どうやら彼も耳にしていた話なのか、表情の乏しい彼女に変わって複雑そうな表情を作った。

「最近、お前のことを嗅《か》ぎ回っているやつがいるらしい」

「ゴシップ誌の記者ですか？」

カーティスは特に表情も変えず、言葉を返す。

「もちろんそれもあるが、今の話はその記者からのたれ込みだ。お前の悪い噂はないかと、嗅ぎ回ってるやつがいるらしくてな」

「いつものことでしょう。足を掬《すく》おうとする同業者は多いし、こちらは新しい事業を始める前だ」

「だからこそ気をつけて欲しいんだ。悪い噂が立てば、今後の事業に支障が出る」

リカルドの言葉は一理あり、カーティスはわずかに眉をひそめた。

確かに今は、悪評が流れるのは控えたい時期だ。

次の春からハーツマリンカンパニーが取り組む事業は豪華客船の運航で、予約客の中には、名のある貴族や起業家たちも多く含まれている。

運行開始前にもかかわらず、彼らがチケットを快く購入してくれたのは、社交界で築いた人脈と信頼があったからで、それがゴシップ誌の垂《た》れ流す醜悪な記事で傷がつくのは避けたかった。

もちろん低俗な記事一つで傷つくほど浅い交友関係ではないけれど、暴かれたくない事柄がないわけではないし、念には念を入れておくべきだろう。

「リカルド、私を嗅ぎ回っている相手を探し出すことはできますか？」

「ナターシャに協力してもらっているが、まだ時間がかかりそうだ」

「それなら、ひとまず記者たちに金を握らせておいてください」

「それも既に手配済みだが、記者たちには、何かほかの話題を提供してやった方が効果的だぞ。グレイスをお披露目《ひろめ》してやれば、あいつらきっと大喜びだ」

リカルドの言葉に、カーティスは露骨に嫌な顔をした。

「グレイスはまだ無理ですよ」

「多少の粗相《そそう》をしたところで、お前の笑顔と話術があれば丸め込めるだろう？」

「だとしても嫌です」

「頑なだな」

「彼女をほかの男の前にさらしたくないのです。新聞に写真がのって、ロンデリオン中の男が彼女の姿を見ると思うだけで虫酸《むしず》が走る」

断言するカーティスに、リカルドは大きなため息で応える。

「だが下手に隠しておくと、適当なゴシップをねつ造されて、逆に彼女が傷つくかもしれないぞ」

「そのときは対処します。けれど、今はだめです」

なにせ今のカーティスには心の余裕がない。

「エリック以外のライバルが現れないとも限りませんし、屋敷からも極力出したくない」

「あまり束縛しすぎると嫌われるぞ」

「束縛を束縛だと思わせなければ良いだけです。同情を誘いつつ『お願い』すれば、優しい彼女なら聞き分けてくれる」

カーティスの言葉に、リカルドは呆れたようだ。

「お前、意外とろくでなしだよな」

「自分でもそう思います」

晴れやかな笑顔で言い放てば、リカルドは返す言葉もないようだった。

「それで、ほかに問題は？」

「今のところはない」

「では、ひとまず今は『グレイスのお友達作戦』に集中しましょう」

「お友達って私？」

もちろんですよとカーティスが笑うと、ナターシャは大きなため息でそれに応えたのだった。

第六章

「うーん、やっぱりコピアポア・ギガンティアは真ん中がいいかしら。それともかわいらしいマミラリアの方がこのテーブルには合うかしら」

　その日の朝早くから、グレイスは応接間に置かれたサボテンの位置を動かし、ああでもないこうでもないと悩んでいた。

「普通の人は、サボテンの違いなんてわからないと思うわよ」

　そう言ってたしなめたのは、いつになく上機嫌なグレイスを見つめていたマーガレットで、その呆れた顔を見てようやく我に返る。

「このお屋敷にお客さんが来るなんて珍しいから、つい張り切ってしまって」

「女主人として出迎える気持ちが芽生えたのはいいことだけれど、そこはサボテンじゃなくて花を飾るべきね」

「買いに行きたかったんだけど、急だったから準備ができなくて……」

なにせ訪問者があることを聞かされたのは今日の朝のことで、その上それがナターシャだと聞かされたグレイスは今もそれが信じられないくらいなのだ。

『ナターシャが暇そうにしていたので招待しておきました』

なんてカーティスが言い出したときはディナーに招待したのだと思っていたが、どうやら午前中には来るという。

近頃のグレイスはエリックを遠ざける訓練とマナーレッスンのほかにやることがなかったので、ナターシャの来訪は嬉しいけれど、可能ならもっと早くから準備をしておきたかった。

「そういえば、来るのはこの前の結婚披露パーティに来た秘書の子なの？」

「ええ。ちょっと変わっているけど、いい子よ」

「もしかして、あなたの友達？」

マーガレットに尋ねられると、グレイスは思わず言葉に詰まる。

友達というほど親しいわけではないけれど、そうなればいいなという思いがグレイスには少なからずあるからだ。

結婚はなぜか許されたが、マーガレットは依然として他人には警戒心が強い。

だから、友達になりたいなんて知られたらマーガレットは怒るのではないかと身を固くしていたが、彼女の目はいつになく穏やかだった。

「変わり者同士なら、気が合うかもしれないわね」

そう言って、マーガレットは部屋をぐるりと見回し、サボテンの位置を入れ替える。

「こうした方が部屋が華やぐわ。あと、お友達との会話が楽しいからといって自分のことばかり話しすぎてはだめよ？　相手の話もちゃんと聞かないと」

あなたは気をつけないとすぐサボテンのことばかりしゃべるんだからと告げるマーガレットに、グレイスは目を見開く。

「おばあさま、怒らないの……？」

「何を怒るんです？」

「だって、誰かと親しくなるようなことはだめだって、ずっと言ってたから」

「好ましくはないけれど、カーティスがこの屋敷に呼ぶような人なら大丈夫でしょう」

それから、マーガレットは少し困ったような顔でグレイスを見つめた。

「友達をつくるなと言い過ぎたのはいろいろ問題があったと今更気づいたの。そのせいで、カーティスも困っているようだし」

言いながら、マーガレットはエリックにちらりと視線を向ける。

「あなたにはいろいろなことを我慢させてしまったし、そのせいであなたも苦労しているように思えて心配しているの」

「我慢なら、おばあさまの方がたくさんしてきたじゃない」

「私は大人だったし、我慢には慣れていたわ。でも小さなあなたにはそれを強いるべきではなかったと最近思うようになったのよ」

ため息をつき、マーガレットはエリックからグレイスへと視線を戻す。

「あなたがエリックに依存してしまうのは、家族以外で大事なものがエリックしかなかったからじゃないかしら？　エリックを失えば自分の側には誰もいなくなってしまうと思っているから、あなたは恐怖を抱き、それが依存に繋がっているのではない？」

確かに、マーガレットの言葉は的を射ているようにグレイスにも思えた。

グレイス自身、自分のエリックに対する執着は強すぎると思っていたが、それが恐れから来るものなら納得できる気がする。

「だからこれからは、もう少し自由に生きるべきだって私も思ったの」

「それは、友達をつくってもいいってこと？」

「ええ。でももちろん、適度な距離感は必要よ。誰だって、裏の顔があるんだから」

マーガレットの言葉は嬉しかったけれど、一方で彼女はまるでそれは自分にも当てはまると言いたげだった。

それが少し気になったけれど、マーガレットはまたいつもの涼しげな表情に戻してしまいそれ以上の質問を重ねることはできなかった。

それから程なくして、タウンハウスへとやってきたナターシャを見て、グレイスはあっと驚くことになる。

「ナターシャすごく綺麗!!」

思わず感嘆したのは、仕事場ではお目にかかったことのない美しいドレスを彼女が纏っていたからだ。

「普段着で来ようと思ったんだけど、社長とリカルドから止められて」

せっかく若い二人でお茶をするなら、格好くらい綺麗にしろと言われたらしい。

「ずいぶん前にパーティで着たドレスを引っ張り出したの」

「そういえば、ナターシャも昔は貴族の令嬢だったのよね？」

「昔の話よ」

そんな会話をしながら応接間に向かうと、ナターシャはいたるところに置かれたサボテンをぐるりと見回した。

「あなたっぽいわね」

「カーティスがたくさん用意してくれたの」

「彼とは仲良くやってる？」

「え、ええ、なんとか」

エリックのことを思い出し、グレイスが少しだけ言いよどんでしまったことにナターシャは気づいたのだろう。

執事が紅茶と茶菓子を置いて立ち去ると、珍しく彼女は心配そうな顔をした。

「私でよければ、愚痴《ぐち》くらい聞くわよ？」

「そんな、不満なんてないわ」

「でも、社長の方はリカルドにこぼしてるみたいよ。サボテンに勝てないとかなんとか」

ナターシャの言葉に、グレイスは彼の苦労を思い出し、申し訳なくなる。

「彼、何か私に対する不満とか言ってた？」

「不満じゃなくて、ただの愚痴よ。だから、あなたも何かあるなら好きにしゃべったらいいと思う」

「本当に愚痴を言うようなことはないの。カーティスにはよくしてもらってるし、こんな私と結婚して素敵な家や生活までくれたのに文句なんて言えないわ」

「だとしても、普通はあるでしょう？」

結婚も急だったし、と言われると、確かに戸惑いや困惑を未だ抱えているのは事実だ。けれどそのおかげで、マーガレットは早めに仕事を辞めることができたし、この家に来てから彼女が穏やかになったことを思うと、それはそれでよかったという気もしてしまうのだ。

　それを素直に告げれば、ナターシャは呆れたように瞬きを繰り返した。

「あなたって、すごくお人好しなのね」

「そう?」

「さっきから聞いてると、あなたは自分のためっていうよりおばあさまのために結婚したみたい」

　ナターシャの言葉に、グレイスは何と返せばいいかわからなくなる。

　確かに、カーティスとの結婚を決めたとき、自分の感情を二の次にしたのは事実だった。でもそれは、グレイスにとっては普通のことで、それがおかしいと思ったこともなかった。

　十二年前に故郷を出てからずっと、グレイスは生きること、そしてただ一人の家族であるマーガレットに安心してもらうことばかり考えてきた。

　だから急に結婚と言われたときは驚いたけれど、マーガレットも望んでいたし、何より相手がカーティスならば幸せになれるだろうと、自分の戸惑いを押し込めてしまった自覚はある。

「けど、嬉しい気持ちもちゃんとあったの。エリック以外に、自分を好きでいてくれる人がいるなんて思わなかったから」

「じゃあ、社長のこと一応好きなのね？」

確認されたとたん、グレイスの頬がじんわりと熱を持つ。

その反応でナターシャはグレイスの気持ちを察したようだった。言葉に詰まる様子に小さく笑う。

向けられた眼差しはほっとしているようにも見えて、グレイスは彼女が自分のことを案じてくれているのだとわかり嬉しくなる。

「心配してくれて、ありがとう」

「そういうわけじゃないわ。今日だって、社長があんたのことを調べろって言うから来ただけだし」

「そうなの？」

「彼も不安なんだと思う。ロンデリオン一のプレイボーイなんて言われてるくらいだし、女性関係で困ったことなんてたぶんないのよ」

だから自分なんかの手だって借りたくなるんでしょうよ、と告げるナターシャに、グレイスは思わずきょとんとする。

「ロンデリオン一のプレイボーイ？」

「もしかして知らないの？」

ふと真顔になるナターシャに、グレイスは慌てて頷いた。

「社交界で人気があるって噂は聞いてたけど……」

そんな異名があるなんてちっとも知らなかったと驚くと、ナターシャは珍しく動揺を顔に出した。

どうやら失言だったと思っているようだが、気になるグレイスは彼女から言葉を引き出そうとわずかに身を乗り出した。

そのまましばらく見つめ合った後、結局折れたのはナターシャの方だった。

「社長は、イグリード国の第三王女が熱を上げてるくらい、社交界では大人気なの。近頃はだいぶ落ち着いたけど、以前はロンデリオン中の美女と関係を持ってるんじゃないかって噂が出るくらい常に女性の影があったし」

ゴシップ誌では毎回のように彼の特集が組まれ、それを購読している令嬢がたくさんいるらしい。

ロンデリオンの社交界では彼との噂を流されることが美女の証とまで言われているらしく、彼と関係を持とうとする女性は後を絶たないというのだ。

「近頃は爵位よりも経済力で結婚相手を選ぶ時代だし、去年の万国博覧会でハーツマリンカンパニーが展示した新しい造船技術を陛下が褒めて以来、会社と社長の価値が社交界ではかなり上がったみたい」

だから引く手あまたなのだと言うナターシャに、グレイスはただただ唖然としてしまう。

「カーティスがすごいのは知っていたけど、そこまでだったなんて……」

「けど近頃は女性との話も聞かないし、プレイボーイの名は返上したのかも」

「でも王女さまってすごく美人なんでしょう？　どうして、彼女じゃなくて私を選んだのかしら」

グレイスの質問に、ナターシャはわかりやすく言葉に詰まる。

「……サボテン好きなところが、やっぱりいいんじゃない？　社長、ちょっと変わったところあるし」

確かにカーティスもそう繰り返していたけれど、一方で彼はエリックをグレイスから遠ざけようと必死だ。

それならば、初めからサボテンのない女を選べば良いと思うし、ナターシャの言葉が真実なら彼の周りにはそのような女性はたくさんいるはずである。

そしてそんな女性たちと比べてグレイスが秀《ひい》でているものなどあるはずがなく、サボテン好きという唯一の特徴を治そうとしていることを思えば、彼は何か別の理由で自分を選んだのではと思わずにいられない。

(だとしたら、理由は一つしかない……)

幼い頃、彼の両親が犯した罪をカーティスは償いたいと言った。

そのときの彼の表情はひどくつらそうに見えたから、きっと今も彼は自分を責めているのだろう。

(私と結婚した一番の理由は、やっぱり償いなのかも)

好きだと言ってくれたけれど、自分に自信のないグレイスは、その言葉を簡単に信じることができないでいた。

「……私、失言したかしら」

わかりやすく落ち込むグレイスに、ナターシャは慌てる。

その様子に、大丈夫だと笑みを返すけれど、その頬は未だ引きつったままだった。

＊　＊　＊

その日の夜、グレイスはいつもより重い足取りでカーティスの書斎へと向かった。

お仕置きが待っているとはいえ、忙しいカーティスとゆっくり話せる書斎での時間はグレイスにとっては楽しみなものであったが、今日は心が重い。

もし本当に彼が償いの気持ちだけで結婚を決めたのだとすれば、貴重な時間を使わせてしまうことに申し訳なさを感じるし、同時に胸の奥がずしりと重くなってしまうのだ。

そのせいで夕食のときもカーティスの顔をあまり見られなかったし、動揺していることを悟られ、その理由を尋ねられたらと思うとさらに歩みは遅くなる。

本当に自分を好きなのかと逆に聞きたい気もするが、彼が自分に抱いているのが償いの気持ちだけだったらと思うと、なんだか尋ねるのが怖かった。

「エリック、私どんな顔をして彼に会えばいいんだろう」

お仕置きが増えることも忘れて、グレイスはついエリックに話しかける。

そうでもしないと前に進めないほど動揺していたグレイスは、人気のない廊下の隅でエリックをぎゅっと抱え、大きく息を吐いた。

そのまましばしの間呼吸を整えていると、不意に書斎の方から誰かの声が聞こえてくる。

「ともかくそれ、今夜中に全部仕上げろよ」

低いその声は使用人のものではない。相手の姿を確認しようと、グレイスはそっと廊下の角から顔を出す。

するとそこにいたのはリカルドで、彼はなにやらカーティスと仕事の話をしているようだ。

彼の訪問を知らず、挨拶さえしていなかったことに気づいてグレイスは彼らのもとへ駆け寄ろうとする。

けれど部屋の中のリカルドの険しい顔と、彼のこぼした言葉がグレイスの足を止めた。

「恋愛ごっこはそれくらいにして、少しは仕事に打ち込め」

その後もリカルドはカーティスに何か文句を言っていたがグレイスの耳には何一つ入っ

てこなかった。

（恋愛ごっこって、やっぱり私のこと……？）

否定したい気持ちがわき上がるが、昼間のナターシャとの会話でこの結婚が贖罪の気持ちから生まれたものかもしれないと思ったグレイスにはそれができない。

だって彼はプレイボーイで、グレイスには想像もつかないほどの恋愛経験があるのだ。

そんな彼ならば、自分のような初心な女性を手玉にとることなど造作もないだろう。

（ごっこって言われた方が、むしろしっくりくるのかもしれない）

カーティスは何もかもが完璧で、世の女性が思い描く理想の恋人そのままだ。

むしろ完璧すぎる彼には違和感と漠然とした不安を抱いていたくらいだったけれど、今までのものが演技だったのだとしたらその欠点のなさも納得できる。

たぶん彼は、グレイスに心を開いていないのだろう。

（……でもそれって、すごく大変なことよね）

本当の自分を隠すことがいかに苦しいことであるかは、グレイスにもよくわかる。

グレイスはエリックを利用することでその苦労も軽減されていたけれど、周囲に望まれる自分をたった一人で演じ続けるカーティスはきっとグレイスが想像するよりずっと大変に違いない。

自分と結婚したことでそれをずっと強いることになっていたらと思うと、グレイスは申し訳ない気持ちでいっぱいになる。

もっと早くそれに気づけていたら、と思わずにはいられない。

むしろ今すぐにでも離縁した方がいいのではないかとすら考えたとき、不意に声をかけられた。

「そこで、何をしているんです？」

どうやら、いつもの時間にグレイスが現れないことを心配して、カーティスが書斎から出てきたらしい。

目の前に立つ彼はどこか不安げな面持ちをしていて、グレイスは慌てて笑顔を作る。

「顔色が悪いけれど、もしかして具合が悪いのですか？」

「ち、ちがうの。リカルドさんがいたようだから、用事が済むまで待ってようかと思って」

「彼ならとっくに帰りましたよ。急ぎの仕事だけ置いて、自分は家で寝るそうです」

ため息をつき、それからカーティスはグレイスの腕をさりげなく摑む。

その手つきは相変わらず優しくて、そのぬくもりにグレイスの胸は勝手に跳ねる。

彼は自分のことを好きではないのかもしれないと思うのに、それでもカーティスに触れられ笑顔を向けられると喜んでしまう自分の心に、グレイスは少し戸惑った。

「ちょっと面倒な作業も残っているので、今夜は先に寝ていてください」

「お仕事、大変なの？」

「ええ、近々運航を開始する客船の進水式を控えていて、その準備がいろいろと……」

カーティスの話を聞いて頭をよぎったのは、入社当時に聞かされた、ハーツマリンカンパニーが新しい事業を始めるという話だ。

海運会社としてつちかってきたノウハウと交易ルートを用い、ハーツマリンカンパニーでは次の春から客船の運航を始める。実を言えばグレイスのような事務職の女性が増やされたのも、いずれ彼女たちに客船運航に関する事務を任せたいからだという話だった。

「片づけないといけない書類と、あと招待状もそろそろ書かなくてはいけなくて」

「カーティスが手書きするの？」

「その方が喜ばれますし、内覧会に来るのは出資を申し出てくれた貴族も多いので、それが礼儀かと」

でも正直に言えば、もっと簡単に済ませたいとカーティスは苦笑する。

「紳士的な性格と容姿で売っているので、下手な字を書けないのは時に面倒ですね」

「売っている？」

「たくさん投資してもらうには、会社だけでなく経営者にも価値があることを示さなければ、というのが亡き義理の父の教えだったんです」

だからその教えを守り、外では常に人当たりの良い好青年であることを心がけているのだとカーティスは笑う。

「でもそれって、大変そうね」

「ええ。ですから、本当は今すぐにでもあなたに癒やしてもらいたい」

そう言って今にも唇を奪いそうなカーティスに、グレイスは思わず身を引いた。

「いやですか?」

とたんにしゅんと肩を落とすカーティスに、グレイスは慌てて首を横に振った。

「だって、お仕事があるんでしょう?」

「確かに、今あなたにキスしたら、歯止めがきかなくなる」

カーティスはキスの代わりにグレイスの手をとり、マッサージでもするように握る。

そうしている姿はどこか無邪気な子供のようで、グレイスに好意を抱いているようにしか見えない。

その一方で、それすらも演技だったとしたら……という考えも頭をよぎってしまう。

(外では社長としての振る舞いをして、家の中では夫の演技をして……、そんな毎日だったとしたらきっと彼はつらいでしょうね)

それを証明するように、カーティスの顔には疲れの色が見て取れた。

今までは照れくさくて彼の顔をじっと見られなかったから気づかなかったけれど、きっとずいぶん前から彼の疲労は顔に出ていたのだろう。

そのことにさえ気づかなかった自分は、本当に妻失格だ。

「ねえ、私に手伝えることはないかしら？」

「側にいてくれればそれでいいですよ」

いつもならそこで引いてしまうグレイスだけれど、それに甘んじていたのは彼にとって自分が特別な存在だと思っていたからだ。

自分にとってのエリックのように、カーティスにとっての自分が側にいるだけで元気になれる存在であるなら、彼の言葉に従順な妻でもかまわないのかもしれないと今までは考えていた。

けれどそうでないとしたら、もっと別の方法でカーティスを支えるべきなのではないだろうか。

（彼が償いで結婚してくれたのなら、私も妻として立派になることで報いないと）

そうでなければ彼の側にいられないと考えて、グレイスは姿勢を正した。

「何かお手伝いできることはない？　一応秘書としての研修は受けたし、事務くらいなら手伝えるのよ？」

何でも任せて欲しいと腕をまくり、グレイスは決意を込めてカーティスの腕にエリックの鉢植えを押しつける。

カーティスのために働くと覚悟を決めたグレイスを見て、カーティスは自分のためにと頑張ろうとしてくれる、彼女の気持ちに気づいたのだろう。

エリックを受け取った彼は、戸惑いながらもグレイスにできることを真剣に考えてくれているようだった。

「そう言ってくださるなら、お礼状の宛名書きをお願いしてもいいですか？　普段は自分で書いているんですけど、さすがに今は手が回りそうもない」

「代筆は得意だから任せて」

「経験があるんですか？」

「一時期、それでお小遣いを稼いでいたの。私、人の筆跡をまねるのも得意だから」

小さい頃からマーガレットに教え込まれたおかげで、グレイスはもともと字がうまい。

その上文章をまとめるのも得意だから、とりとめのないラブレターや故郷の両親に送る手紙を代筆して欲しいと言われることはしょっちゅうだった。

「それは助かります。本当ならリカルドあたりに頼みたいんですが、いかんせんリカルドの字が……」

「汚いのね」

自分も彼のメモは読めた試しがないので、カーティスの苦労はなんとなくわかる。

ナターシャなんて、どうせ読めないからと彼のメモはすぐにゴミ箱に捨てていたくらいだ。

「でも、無理はしないでくださいね」

むしろ無理するくらいで自分はちょうどいいと思ったけれど、それは胸の中にそっとしまっておいた。

第七章

「カーティス、今少しいいかしら？」

朝、カーティスが会社に向かう支度をしているとき、マーガレットが珍しく声をかけてきた。

「グレイスについて、ちょっと聞きたいことがあるの」

「彼女なら、まだしばらく起きてこないと思いますよ」

このところずっと、グレイスはカーティスが家に持ち帰った仕事を夜遅くまで手伝ってくれている。

その上朝も見送りに出てこようとするものだから、彼女の身体を心配したカーティスはこっそりベッドを抜け出してきたのだ。

「近頃、グレイスの様子がちょっとおかしいように感じるのだけど、心当たりはある？」

「おかしい？」

「エリックに、全然話しかけていないようなの」

確かに、前に比べるとエリックとの距離は開いている気がする。

一緒に仕事をするときも少し離れた場所に置いているし、話しかける回数は確実に減っていた。

「今までずっとべったりだったから、なんだか少し心配になってしまって」

「確かに距離を取り始めたようですが、その訓練をしているわけですし。そんなにおかしいことでしょうか？」

「そりゃあ、エリックを大人げなくライバル視しているあなたには嬉しいことかもしれないけど……」

「ライバル視だなんてそんな」

「あなた、わかりやすくエリックに嫉妬の眼差しを向けていたわよ」

グレイスは鈍いから気づかないが、自分にはお見通しだとマーガレットは苦笑する。

「ただまあ、エリックへの依存度が下がるのは確かに良いことではあると思うの。でもね、最近はほかのサボテンの手入れも使用人に任せているようなの」

「それは、おかしいですね」

「おかしいでしょう？」

幼い頃からサボテンを愛でることは彼女のただ一つの趣味で、その部分はいくら矯正しても直るとは思えなかったし、カーティスもやめろと言うつもりはなかった。

だからてっきり、自分がいないところではサボテンと羽目を外しているのだろうと思っていたのだけれど、近頃はそうでもないらしい。

「心配になるでしょう」

「それは、心配ですね」

二人で見つめ合い、それぞれが最近のグレイスの様子に思いを馳せる。

思い起こせば、近頃のグレイスは何と言うか、まるで普通の女の子のようだ。

サボテンの世話をせず、話しかけず、彼らに接する時間より仕事で忙しいカーティスのことを手伝い労ってくれる時間の方が断然長い。

それを夫として喜んでいたが、確かにその変化はあまりに急すぎる気もする。

「何か、無理をしているんじゃないかと思うのよ」

「一応、元気にしているようには見えたんですが……」

「でもサボテンが側にいないのに、元気なのは絶対おかしいの。……無理をしていないかと尋ねても大丈夫だと言うばかりで」

「こちらにも特に何も言ってきていません。そして私も、ようやく妻の自覚が出てきたのかと思って尋ねることさえしなかった……」

「まあ自覚は確かに出てきたんだと思うわ。確か、来週初めて二人で公の場に出るんでしょう？」

マーガレットの言うとおり、来週カーティスはグレイスと共にハーツマリンカンパニーが新しく運航する豪華客船の進水式に参加する予定だ。

カーティスがグレイスの情報を出し惜しみするばかりに、ゴシップ誌では連日のように『ハーツ社長のお相手』に関する予想記事ばかりが出ていて、中には下世話すぎる内容も日に日に増えている。

それを見た会社の役員たちから、会社の評判が落ちる前にグレイスを紹介してはどうかと言われていた。

そしてたぶん、ナターシャあたりがグレイスにその話を漏らしたのだろう。

昨晩、彼女に直接「自分が表に立つ必要があるならそうする」と言われ、しぶしぶながらカーティスは式典へ彼女を同伴することを決めたのである
「ただエリックはさすがに連れて行けませんし、グレイスにはまだ早いのではないかとも思うのですが……」

「けれど、あの子のやる気をそぐのも心苦しいってことね？」

「とはいえ、何か無理をしているのだとしたら、そちらの方が嫌です」

ただそうなった理由もカーティスにはわからない。

不安そうな表情を見れば、マーガレットもまたグレイスの変化の理由に心当たりがないのだろう。

「私たちに言えないような何かがあったのかしら」

「ですが、グレイスはここしばらくずっと家にいるし、突然彼女に問題が起きたとは思えません」

「そうは思うけれど、心当たりがないわけじゃないから……」

わずかに表情を曇らせ、マーガレットはカーティスをじっと見つめる。

不安そうな眼差しと「心当たり」という言葉に、彼女が何のことを言わんとしているのかカーティスは察しがついたが、それだけはないと、はっきりと否定した。

「あなたが今思い浮かべた可能性はないと思います。それならば、ここまで献身的に尽くしてくれるわけがない」

「それなら、もう少し様子を見るしかないわね。もしかしたら、仕事をするのも好きな子だから、あなたのために働くことがサボテン断ちの良いきっかけになったのかもしれないし」

だからお互いもう少し観察してみましょうと言うマーガレットに、カーティスはひとまず頷いた。

けれどその日、カーティスはマーガレットの言葉がどうしても気にかかり、そのことばかり考えてしまっていた。

「ねえ、なんだか今日はやけに私のことを見てない？」

そのせいで必要以上にグレイスの様子を窺っていて、いつものように書斎で仕事を手伝ってくれていたグレイスにも怪訝な顔をされてしまう。

「あなたの顔があまりに美しいのでつい」

「さすがに嘘くさいわ」

「証明しましょうか」

キスをすべきか抱きしめるべきか本気で考え始めていると、グレイスは慌てた様子で「気のせいだったかも」と頬を染める。

そのあまりのかわいさにやっぱりキスをしようと心に決めたカーティスだったが、そうやって考えている間に、グレイスはタイプライターに向き合いさっさと作業に戻ってしまった。

最初はお仕置きのためにと彼女を部屋に呼んでいたけれど、最近は家に持ち帰った仕事を手伝うために自発的にここに足を運んでくれる。

手紙の代筆やタイプライターを使った書類の整理など、彼女の事務処理能力はカーティスも重宝しており、今日も少しだけ手伝ってもらっていたのだ。

そしてマーガレットが言うように、グレイスは家でじっとしているよりも何かしらの仕事をしている方が生き生きしているようにも見えた。

だがそれは、カーティスにとって少し複雑だ。

今まで苦労した分、グレイスには屋敷で優雅に暮らして欲しかったが、彼女が望むのはもしかしたらそういう生活ではないのかもしれない。

（外に出ていろんな人と触れ合う方が彼女のためになるのかもしれない……）

そう思うけれど、そうすれば間違いなく彼女は人の目に留まる。

そしてもし誰か、別の男が彼女に言い寄ったりでもしたら、自分はまともでいられるだろうか。

自分が彼女にとって一番大事な存在になればほかの男のことなど気にならないと思ったのに、実際彼女がエリックから離れ始めた今も結局不安はつきない。

（私は、彼女をただ家に閉じ込めておきたかっただけなのかもしれない）

誰にも見せず、何もさせず、ただ笑顔で側にいるだけの存在であって欲しいのだと今更気づき、同時にそんな考えを抱いている自分に戦慄する。

それではまるで人形扱いだし、彼女は絶対幸せではないだろう。

だからやはり、グレイスを適度に外出させるべきだと、カーティスは無理やり自分を納得させる。

もちろん気は進まないし、マーガレットの言葉は少し心配だけれど、これ以上何かを無理強いして、グレイスに嫌われてしまうことの方が問題だ。

「グレイス」

タイプライターに指をのせていたグレイスに、カーティスはそっと声をかける。

「改めてになりますが、進水式には一緒に出ていただけますか？」

「もちろんよ。粗相のないように、頑張るから」

「無理はしないでください。何か嫌なことがあれば、言ってくれてかまいませんから」

「カーティスは心配しすぎよ」

そう言って穏やかに笑っているけれど、やはり彼女の笑顔は少し曇っているように見える。

だがそれを指摘するよりも早く、今度はグレイスの方がどこか心配そうにカーティスの顔を見つめてきた。

「むしろ、あなたは大丈夫？　このところ、ほとんど寝ていないでしょう」

「睡眠時間が短いくらいどうってことありません。むしろあなたとの甘い時間がとれない方がつらいくらいだ」

睡眠不足と疲労に負けてしまい、このところグレイスを抱く時間もとれていない。

それだから余計に不安が募るのだろうかと考えて、カーティスは椅子から立ち上がり、グレイスのもとへ移動した。

休憩用に置かれたソファとティーテーブルを使って仕事をしていたグレイスは、カーティスの接近に驚き手を止める。

そんな彼女を腕に閉じ込めぎゅっと抱きしめると、グレイスは戸惑ったようにカーティスを見つめた。

「まだ、仕事が残っているのよね？」

「でも、少しだけ」

そう言って腕の力を強めると、グレイスは躊躇いながらもカーティスを抱き返してくれる。

彼女のぬくもりにようやく落ち着いて、カーティスはグレイスの髪に顔を埋めながら大きく息を吐いた。

するとたんに、忘れていたはずの睡魔がカーティスを襲う。

本当はもっと触れ合いを楽しみたかったのに、彼女の言うように思った以上に疲れがたまっているのか、わずかにめまいまでしてくる始末だ。

「あなたに必要なのは、私じゃなくて睡眠だと思うわ」

そしてカーティスの異変を察したグレイスは、そう言って優しくぽんぽんと背を叩く。

「少し眠ったらどう？　言ってくれたら、その時間に起こすから」

「じゃあ、少しだけ」

ベッドで眠ると起きられなくなりそうだったので、カーティスはグレイスの手を握ったままソファのクッションを脇にどけた。

「すぐ起きるので、しばらく側にいてもらってもかまいませんか？」

「それはいいけど……」

むしろ邪魔ではないのかと不安がるグレイスを抱き寄せたまま、カーティスはソファに横になる。

広いソファは抱き合って眠っても余裕のある大きさで、カーティスもそれがわかっているから彼女を抱き込んだのだけれど、グレイスは突然のことに驚いたらしい。

「寝づらくないの？」

「むしろ心地よいです」

グレイスのぬくもりと柔らかさはどんな寝具にも勝るとぼんやり思っているうちに、カーティスの意識はすぐに落ちてしまった。

＊　＊　＊

一方カーティスの腕に閉じ込められたまま身動きがとれなくなったグレイスは、カーティスの厚い胸板に頬を押しつけたまま困惑していた。

「……カーティス？」

そっと名前を呼んでみても、返ってくるのは規則正しい寝息ばかりで、この分だとしばらく起きそうもない。

(疲れがたまっていたのはわかっていたけれど、まさかこれほどだなんて……)

起こさないようそっと身をよじり、グレイスは眠りにとらわれたカーティスの顔を見つめる。

ここ数日で彼の目の下のクマはかなり濃くなったが、それでも伏せられた長いまつげや高い鼻梁のおかげで彼の寝顔は相も変わらず美しい。

(綺麗だけど、目を閉じていると少し子供っぽいのね)

子供の頃、一緒に昼寝をしたときに見た寝顔とあまり変わらないなと気づき、なんだか懐かしい気持ちが胸の奥によみがえる。

(私の昼寝の時間なのに、カーティスの方が先に寝ちゃってたのよね)

でも彼が自分に身を預けてくれることが、とても嬉しかった。

(あの頃は、この先もずっとお互いだけが友達で、二人は永遠に一緒なのだとかわいらしいことを考えていた気がする)

結婚し、本物の家族になることも想像していた気もするけれど、現実の結婚生活は想像していたものとはだいぶ違う。

物思いにふけっていると、不意にカーティスがかすれた声でグレイスを呼んだ。

「……グレイス…」

「起きたの？」

驚いて尋ねるが、返事はない。

よく見れば、カーティスの眉間にはいつしか深い皺が刻まれ、その顔はどこかつらそうに歪んでいた。

そのまま何度も何度も名前を呼んでくるカーティスに、グレイスは側にいることを示そうと、優しく背中をさすった。

すると、カーティスはまるで子供のようにグレイスに縋りついてきた。

「僕の…せいだ…」

悪夢でも見ているのか、耳元で零れた声は悔やむような響きに満ちている。

そのあまりにつらそうな様子に、起こすべきだろうかと悩んでいると、彼の口が何かを伝えるように動いた。

声はなく、再びカーティスは深い眠りに落ちてしまったようだが、側で見ていたグレイスには彼の言いたいことがはっきりとわかった。

声はないけれど、確かに彼は「ごめんなさい」と謝罪の言葉を口にした。

そしてその謝罪の意味がわからないグレイスではない。

「大丈夫よ。あなたは何も悪くない」

大丈夫だからと重ねて囁くと、カーティスの眉間に刻まれていた皺が少しずつ消えていく。

けれど顔に刻まれた苦悶のすべては取り払えなくて、グレイスはカーティスを安心させてあげられない自分を不甲斐なく思う。

普段はそんなそぶりを見せないけれど、きっと彼は今もあの日のことを忘れられないのだろう。

もちろんグレイスだって十二年前の出来事は忘れられないけれど、それに何の責任もないカーティスがとらわれているのは悲しかった。

「あなたは、何も悪くない」

そう繰り返しながらカーティスを抱きしめていると、改めて彼に対する申し訳ない気持ちがこみ上げる。

「何も悪くないのに、ごめんね」

彼の寝顔を見ていると、十二年前の事故がなければ、彼にはもっと別の人生があっただろうと思わずにはいられない。

そしてそこにはきっと、自分はいないだろう。

カーティスの仕事を手伝うことで改めて彼の人となりを知った今は特に、誰もが認める成功者である彼が、理由なくサボテン好きな自分を選んでくれるとはとうてい思えない。

彼に償いの気持ちがなければこの美しい寝顔を見るのは別の人だっただろうし、その人はきっと、自分より彼にふさわしく、そして彼を幸せにできる人だったに違いない。

でもだからといって、今すぐ彼と離れることなど、考えたくないと思う自分もいる。

自分以外の誰かにカーティスがこうして腕を回すところを想像しただけで、グレイスの心は張り裂けそうになってしまうのだ。

(私、もうカーティスと離れたくないんだ)

最初の別れのときは、エリックを抱きしめることで乗り越えられたけど、今はきっとエリックにすがってもこの気持ちは消せない気がした。

だってエリックを抱きしめているときより、こうして彼に腕を回している方が、ずっと幸せで、ずっと安心できてしまう。

(カーティスのこと、放したくない……)

彼のシャツをぎゅっと握り、彼の顔を胸に押しつける。

そうしていると彼への愛おしさが涙と共にこみ上げてきて、グレイスは慌ててまぶたを閉じた。

「グレイス……？」

そのとき、先ほどよりはっきりと、カーティスが名を呼んだ。

慌てて目元をぬぐおうとするが、その手は彼にとらわれてしまう。

カーティスは完全に目を覚ましていたらしい。

「もしかして、私は寝ぼけてあなたを無理やり……」

「そういうのじゃないの」

真っ青な顔でこちらを見つめる彼に、グレイスは慌てて笑顔を作った。

「私も、寝てしまって……それで怖い夢を……」

「本当に？」

「ええ。でも、あなたの方は子供のようにすやすやとよく寝ていたわ」

かわいいくらいだったと告げると、カーティスはほっと息を吐く。

その様子にグレイスもまた安心していると、カーティスの指先が、優しく涙をぬぐってくれる。

「あなたが怖い夢を見ていたというのに、のんきに寝ていた自分が情けないです」

冗談なのか本気なのかはわからないけれど、大まじめな声でそう言うカーティスを見ていると、溢れていた気持ちと涙も落ち着いていく。

「悪夢を追い払うなんて、さすがのあなたにも無理だと思うけど」

「悪夢は追い払えませんが、怖い気持ちは消せると思って」

言葉と同時に唇を奪われ、グレイスは驚きながらそれに応える。

確かに優しいキスはグレイスの気持ちをほぐし、こわばっていた身体を優しく溶かしていく。

「少しは、気分が楽になったでしょう?」

「楽にはなったけど……」

優しいキスを受けていると、それを受けるのが本当に自分で良いのかと思わずにはいられない。

償いや義務感からではなく、真に愛情で繋がった誰かとキスをすべきだと思ってしまう。

でもそれを確かめるのが怖くて、そして何より彼が口づけてくれるのが嬉しくて、グレイスは何も言うことができない。

そんなグレイスを見て心配になったのか、カーティスはもう一度、今度は先ほどよりもっと優しくキスをする。

「楽になるまで、何度でもします」

「もう、平気よ」

「それなら私の目をちゃんと見て」

自然と視線を逸らしてしまっていたのを見抜かれ、グレイスは躊躇いながらも彼の美しい瞳に目を向ける。

「まだ少し、潤んでいる」

「キスももらったし、大丈夫よ」

「あなたの大丈夫は信用なりませんし、もっと私に甘えるべきだ」

　むしろ甘えすぎているくらいだと思うのに、カーティスはまだ足りないと口づけの数を増やしていく。

「それとも、エリックとのキスの方が良いですか？」

　なぜかそう告げる言葉は妙に苦しげで、グレイスは慌てて首を横に振る。

「エリックにはキスされたことないし、私はあなたのキスの方がいいわ」

「本当に？」

「エリックとのキスはきっと痛いだろうし、あなたみたいに優しくないし、それに……」

　気持ちよくないと言いかけて、慌ててグレイスは口を閉ざす。

　けれど口にしなかった言葉の先を悟ったのか、カーティスは笑みを濃くする。

「そんなことを言われたら、朝までしていたくなりますね」

　言うなり、カーティスはグレイスに覆い被さるようにして深く唇を奪う。

　その優しいぬくもりに、グレイスもまたその先を望んでしまうが、近づけられた顔はまだ少し眠そうで、慌ててキスを切り上げる。

「気持ちは嬉しいけど、あなたは少し休んだ方がいいわ」

「目は覚めましたし、少しの時間であってもあなたを堪能したい」

眠くて目が潤んでいるのだと思っていたけれど、どうやらカーティスの目が赤いのは熱情のせいらしい。

「怖い夢を忘れさせるくらいのことはできます」

優しく髪を撫でられながらそう言われると、なんだか嘘をついてしまったことが後ろめたい。

でも一度絡め取られた視線を逸らすことはできず、キスはどんどん深くなる。

溺れそうになる意識を必死に繋ぎ止めるけれど、わずかに開いた唇の隙間から舌を差し入れられると、身体の奥が期待で震えてしまう。

「だ……め……、キスより…眠ら…なきゃ…」

「睡眠より、キスの方が欲しい」

耳元の囁きにはっとした直後、カーティスはグレイスの腰に腕を回すと、彼女を抱き寄せながら身体を起こした。

傾いた身体を立て直すために慌ててカーティスに縋りつけば、楽しそうな笑い声が耳朶をくすぐる。

「あなたから腕を回してくれるなんて思わなかった」

「だって、急に抱き寄せるから……」

「すみません。あなたとのキスを深めたくて、辛抱できなくなってしまった」

謝罪と共にグレイスの身体を抱き直し、カーティスは優しく触れるだけのキスを唇に落としながらソファに座り直す。

そして膝の上に彼女を乗せると、彼は唇だけでなく頬や首筋にまでキスを散らし始めた。

以前に聞いたナターシャとリカルドの言葉と共に、果たして自分は彼にキスをもらう資格があるのだろうかという思いが頭によぎる一方で、彼と肌が触れ合うことでグレイスはなぜかほっとしてしまう。

そのまま自然と彼に身を預けていると、逃げないグレイスに気をよくしたのか、カーティスの長い指が彼女の首筋を撫でた。

「もしかして、誘ってくれていますか?」

「そっ、そんなんじゃ……」

「冗談ですよ。いつになく甘えてくれるのが嬉しくて」

甘えているつもりはなかったけれど、言われてみると、いつもなら恥ずかしくて逃げ出したくなる状況だ。

「せっかく積極的になってくれたのに、応えないと男が廃《すた》りますね」

言うやいなやグレイスの歯をこじ開け、口内を犯し始めたカーティスはいつになく性急だ。

上顎をなぞられ、びくんと身体を跳ねさせると、彼は向かい合うようにして彼女を抱き直す。

「ンア……だめ……」

これ以上彼を疲れさせたくないのに、カーティスはグレイスを解放してくれない。

それでも彼が心配で、だめだと繰り返しながら身を引こうとすると、彼はドレスの裾を持ち上げ、グレイスの前にそれを差し出す。

「それ以上言ったら、これであなたの口を塞いでしまいますよ」

「私はただ、カーティスが心配で……」

「心配ならなおさら、あなたを感じさせてください」

淫らな懇願と美しい瞳を向けられると、なぜだか嫌とは言い出せない。

「私の手で乱れるあなたが見たくてたまらない」

隠しきれない熱情を言葉に込めて、カーティスはグレイスを抱きしめる。

その懇願の声と眼差しにあらがえず、グレイスが小さく頷くと、カーティスは嬉しそうに目を細めた。

「邪魔になるので、このドレスの端を少し咥えていてください」

「でも……」

「両手で、あなたに触れたいんです」

カーティスは少しだけ強引にドレスの端をグレイスの口に押し込む。

もちろん吐き出したかったけれど、布越しに指で舌を愛撫されると妙な気分になってしまい、グレイスはただ呻くことしかできない。

呼吸はできたけれどカーティスの強引なやり方は少し苦しくて、怖い。

けれどすがるような眼差しを見ているとむげにもできず、口の中から指が抜け出た後も、グレイスは裾を噛んだまま放すことができなかった。

「さあ、私がもたらす感覚だけに集中してください」

言葉と共に耳を舐められ、グレイスの背がわずかに反る。

「んっ…む…ンんっ！」

耳を這う舌の動きはさほど激しくはないのに、ちゅくちゅくと響くいやらしい音がいつも以上に鼓膜《こまく》を刺激して、淫らな気持ちが増してしまう。

「んっ…ンッ…んんッ」

いつしか太ももに置かれていた手が下着の上からグレイスの秘部をなぞり、彼女の身体は大きく跳ねた。

膝の上だからあまり動かないようにと思ってはいるのだけれど、舌によって紡がれる淫らな音は意識を麻痺させ、堪えようとする気持ちも徐々に薄れ始めてしまう。

「もっと我を忘れていいんですよ」

「ふ……んッ……ぁ…ン」

「さあ、ここに集中して」

ここと力ーティスが示したのは、ゆっくりと引き下ろされた下着の奥だ。

見なくてもわかるほど、そこはしたなく濡れていて、淫らな蕾がヒクヒクと痙攣しているのを感じる。

「指でほぐそうと思いましたが、そうするまでもなさそうですね」

蜜を絡め取るようにして媚肉を擦る指に、グレイスの中が戦慄く。

けれどカーティスの指は中に入っただけで動こうとせず、それが妙に切ない。

「このまま、いじって欲しいですか?」

グレイスを見つめるカーティスの表情は、疲れと睡魔のせいか、いつもより少し意地悪そうに見える。

さらに細められた瞳は妙に色気があって、その目に見つめられるだけでグレイスの中がきゅっと締まってしまう。

「ずいぶん物欲しそうですね」

「ンっ!! ……ッんん!」

指先をわずかに折り曲げて、カーティスはグレイスの隘路を優しく広げた。

それだけで腰がびくんと跳ねて、その衝撃で口からドレスの裾が零れてしまう。

カーティスはすぐさま、熱い吐息ごと唇を奪い、執拗にグレイスの舌をしごきあげた。

角度を変えながら深く絡み合う舌にグレイスの意識は蕩け、咥え込んだ彼の指を優しく締め上げる。

「そろそろ、入れてもかまいませんか？」

「あっんっ……いれて……」

「指ではなく、私が欲しいのですね」

「……カーティスの……が……いい……」

「その言葉が聞きたかったんです」

カーティスは大量の蜜液と共にグレイスの中から指を引き抜いて、代わりに熱を持った肉棒の先端でグレイスの花芯をこする。

「ああ……っ！」

思わず甘い吐息を漏らしたグレイスの耳元で、カーティスの嬉しそうな笑い声が聞こえる。

「私のものだとわかるんですね」

こくりと頷いて、グレイスは自らも腰を動かし、彼の屹立に秘部をこすりつける。

蜜が絡まる淫らな音を頼りに身体と腰を揺らしていると、カーティスの手が快楽に溺れ始めたグレイスの手を摑む。

「こうして支えていますから、自分で入れてごらんなさい」

両手の指をぎゅっと絡ませながら、グレイスは彼を跨いで膝をつき、言われるがままゆっくりと腰を落とす。

最初は滑るばかりでなかなかうまくいかなかったけれど、何度も試していると入り口に大きな熱が絡まった。

（ここ…かしら……）

熱だけを頼りに腰を下ろすと、ぞくぞくと痺れるような感覚が広がり、内側をカーティスに埋められていく。

「ああ……思っていたより…ずっといい……」

耳元で囁くカーティスの声は熱くて、自分が彼を気持ちよくしているのだと思うと嬉しくてもっと奥へと彼を誘ってしまう。

二人の揺れが合わさるに従い、グレイスの内側は自らの太ももに蜜をこぼしながら、それでも足りないと戦慄く。

中をかき混ぜるカーティスの熱をもっと感じたくて、ずっと奥まで繋がりたくて、グレイスは身体を揺らして浅く息をする。

その表情は喜悦に染まり、瞳は欲望に濡れそぼっていたが、もちろん彼女は気づかない。

「私で感じてくれて……、嬉しいですよ……」

　カーティスが奥を深く穿ち、そのたびにグレイスの理性が弾ける。

「んっ、ンっ…ンッ！」

「あなたのすべてを、私で埋めて差し上げよう」

　今度はカーティスが腰を激しく動かし始め、男根がグレイスの中を抉る。

「あ……い…くっ……あああッ!!」

　体位のせいかいつもより奥まで満たされている。びくんと四肢を震わせながら、グレイスは、白い喉を反らして淫らに喘ぐ。

　呼吸を忘れるほどの快楽に、耐えきれず、身体が勝手に達してしまう。

　けれどカーティスの抽送は止まらず、そのままガクガクと揺さぶられていると、また次の波がやってきた。

（ああ…また……くるの……？）

　一度達したら波は引くものだとばかり思っていたのに、甘い疼きは全然消えない。

　それどころかますます大きくなる快感に、このままずっと淫らな気持ちが収まらなくなるのではと怯えてしまう。

「グレイス……まだ終わりませんよ……」

　竦んだ身体を逃がさないように、カーティスがグレイスをきつく抱きしめる。

痛いほどぎゅっと回された腕の中、逃れようと反らしたグレイスの首筋に、カーティスが食らいついたのは直後のことだった。

そのまま舌で舐めあげられると甘い声が零れ、髪やドレスを乱しながら身体がガクガクと震えてしまう。

「私のことだけ、考えてくださいね」

再び裾を咥えさせられた直後、淫らな音を立てながらカーティスが再びグレイスに埋めていく。

「んっ……む……ンっ！」

激しく打ち付けられた腰は痛いくらいなのに、肌が打ち合う打擲音《ちょうちゃくおん》を聞いていると、奥が痺れて熱くなる。

（もう…おかしく、なる……）

二度目の高まりはさっきより激しくて、心が蕩けていくのもずっと早い。

抱いていたはずの恐怖も消え、身体の奥から這い上がってくる快楽に心は乱れ、はしたなく高鳴った。

「ぅむ……ンッ…むぅ…ん！」

（もっと…もっと…きて……）

言葉を出せないせいか、淫らな感情が胸の奥を支配して、グレイスは再びカーティスと

共に腰を振り始める。

「そうです……そのまま…私に溺れてください」

震える腰を痛いほどの力で掴み、より硬くなった肉棒がグレイスの子宮口を叩く。

「ンぐッ……ん……んン……ンンッ!!」

びくびくと痙攣しているのが自分なのか彼なのかもわからないまま、再び甘い絶頂感が飛来する。

意識が飛びそうになるほどの快楽の中、グレイスはカーティスが言うように自分が彼に溺れているのを感じていた。

こうしていると彼のことしか考えられず、もう二度と離れたくないと思う気持ちが止められない。

「カー…ティス……」

咥えていたドレスの裾がはらりと落ちると、ずっと堪えていた彼への愛おしさが声になって零れる。

愛しているという言葉は躊躇いが邪魔をして出てこないけれど、それでもいつかそう言えるだけの存在になりたいと、グレイスは喜悦の中で強く思った。

「そんな顔をされては、やめられなくなる」

「……でも、今日は…もう…だめ……」

これ以上したらきっとまたカーティスの眠る時間がなくなってしまう。

「するくらいなら…ちゃんと寝て…」

目の下のクマをさすりながら告げると、カーティスは仕方なさそうにため息をつく。

「妻にそんなかわいい顔で叱られたら、言うとおりにするしかありませんね」

妻という響きにちくりと胸が痛んだけれど、彼が自分にそれを望むなら、たとえ贖罪の気持ちで選ばれたのだとしても、妻としての役目を果たしたいとグレイスは思った。

第八章

社交界シーズンも既に終わり、普段なら貴族たちの大半は自分の領地に帰っている時期だというのに、ハーツマリンカンパニーの主催する豪華客船の進水式には、予想を上回る数の来客があった。

上流階級の者たちだけでなく、豪華客船をひと目見ようとつめかけた庶民たちも多く、ロンデリオン港はいつにもまして賑やかだ。

人々が集まる理由は、本日お披露目される船がロンデリオンだけでなく世界中から注目される客船だからだろう。

次の春からロンデリオンと西の大陸にある大国ワシルトとを結ぶ遠洋定期船《オーシャンライナー》として運航を始める客船は、全長約二百四十メートル、航海速度二十五ノットも出る世界で最大最速の船だ。

大陸間を最速で横断する船に与えられるブルーリボン賞獲得も確実と言われ、国外からの注目も高い。

またそれを造り上げたハーツマリンカンパニーは今後業績をさらに上げるに違いないと言われ、多くの貴族や起業家たちが社長であるカーティスと顔を繋ごうと、わざわざ進水式に駆けつけているのだ。

そんな中、式典ではもう一人、人々の注目を集める者がいた。

「グレイスさん、こちらにもお写真をいいですか！」

挨拶をしようと近づいてくる招待客の隙間を縫い、新聞記者たちが我先にと声をかけるのはカーティスの隣に立つグレイスである。

謎多きカーティスの婚約者として連日新聞を賑わせていた彼女は、記者たちはもちろんほかの客たちにとっても注目の的だ。

それは好意的なものから侮蔑的な視線まで様々で、それらをすべて受け流すのは容易なことではない。

同じように注目されている客船のようにどっしり構えなければと思うのだけれど、隙あらば自分たちのカメラの前まで引きずりだそうとする記者もいて、一瞬たりとも気が抜けない。

式典前のパーティからこのありさまでは、頑張ろうと決意したとはいえさすがにグレイスも心が折れそうだった。けれど、カーティスと並ぶ者として少しでもふさわしいと思ってもらえるよう、笑顔だけは絶やさないように力を振り絞っていた。

「あまり、妻をいじめないでください。それに写真撮影は後でちゃんと行いますから」

隣に立つカーティスは、驚くほど人あしらいがうまい。

「つらいと思いますが、今は笑っていてください。行儀がなっていない記者たちは、リカルドあたりに追い払わせますから」

なんてことを耳打ちしながらも、相手に嫌悪感を抱かせるような回答は絶対にしないのだ。

その上だんだんと疲労の色が見え始めるグレイスと違い、彼の笑顔はまったく陰らない。

ここ数日、睡眠時間も少ないはずなのに、疲れをまったく表に出さず、それどころかいつもより輝いて見えるカーティスを、グレイスは改めて尊敬してしまう。

(カーティスって、人前に出ると輝くタイプなのかも)

それを証明するように、女性たちからのうっとりとした視線が常に彼へと向けられている。

一方、隣に立つグレイスに向けられる視線は真逆だ。

(なんだか、肌がぴりぴりする……)

サボテンの棘に触れたわけでもないのに、肌を刺すような感覚を覚えるほど露骨な視線をたどれば、こちらに向けられた美しい侮蔑の瞳と目が合う。

『何であんな女が』という心の声が聞こえてきそうな表情に続き、侮蔑や嫌悪感を顔に貼り付けている人も多く、変人としてあまたの軽蔑を受けてきたグレイスとはいえ、その視線を次々受け流すのは容易いことではない。

なにより今日はエリックがいないし、かといってカーティスに寄り添うと周りの視線はよりいっそう鋭くなる。

だから一人でなんとか乗り越えなければと思うのだけれど、本来の仕事である挨拶回りやら記者への受け答えで既にグレイスの体力は尽きかけていた。

（念のため、エリックの棘を一本持ってきたけれど……）

触る余裕もない忙しさに、彼女の指先はほんの少しだけ震え始めてしまう。

「あの、少しだけ席を外してもいいかしら？」

ようやく記者たちも去り、挨拶も一段落したタイミングで、グレイスはそっと声をかける。

するとカーティスは素早く時計を確認し、何かを考えるように腕を組んだ。

「まだじゅうぶん時間もありますし、かまいませんが……」

不意に言葉を止め、カーティスは躊躇うような視線を向ける。

「疲れさせてしまっているところ申し訳ないのですが、あなたには一つ大きな仕事を任せたいので、なるべく早く帰ってきていただけると嬉しいです」

「仕事？」

「ええ。緊張しそうなので隠していたのですが、実は進水式の花形をあなたに任せたいと思っているんです」

そう言ってカーティスが指さしたのは、船の後方に下げられているワインのボトルだ。

新しい船の進水式では、今後の吉兆を占うためにワインのボトルを船に叩き付けるという習わしがある。

ボトルが割れればその船には幸運が訪れ、割れなければ縁起が悪いとされているのだ。

その大役を担うのは代々女性で、それをカーティスはグレイスに任せようというのだろう。

「私には無理よ。もし割れなかったらどうするの？」

「割れやすいボトルですし、割れなかったらこの私に運がないということです」

カーティスは軽く言うが、そんな一言で済ませられるわけがない。

迷信ではあるが、ボトルが割れないことで船の評判が下がり、客が減ったという事例もあるのだ。

「そんな大役、引き受けられないわ」

グレイスは思わず辞退するが、カーティスは何度言ってもまるで気にする様子がない。

「そのときは別の方法で評価を上げれば良いし、それがだめなら、今よりもっと良い船を造るだけです」

「そんな簡単に……」

「簡単でなくても、事業とはそういうものです。たとえ万全の体制で挑んでも、些細なことで風向きが悪くなって失敗することはありますし、そのときはまた別のことに挑めばいい」

もちろんそうならないように努めますがと笑うカーティスは、強い自信に満ちあふれていた。

そしてそんな彼が自分に大役を任せてくれたのだと思えば、その気持ちに応えたいという思いも、少しずつだがわいてくる。

「……わかった、頑張ってみるわ」

「あなたなら成功しますよ。ずっとエリックを持っていたから、握力もじゅうぶん強そうだし」

確かに普通の令嬢よりは力強くボトルを振れるだろうと思うけれど、一方エリックの名前を聞いたがために、身体がわずかにこわばってしまう。

（やっぱり、ちょっと棘を撫でてこよう………。そうしないと、大事な場面で失敗してしまうかも）

そうと決まればぐずぐずしていられないと、グレイスはカーティスのもとから離れる。

彼もついてきたそうな顔をしていたが、確認したいことがあると近づいてきたリカルドに捕まった隙に、グレイスは人の少ない方へと歩き出す。

大きな客船を横目に見ながら、海沿いへと移動すると、船尾に近づくにつれ人の姿はまばらになる。

それにほっとしながら、ドレスの間《はざま》に隠したエリックの棘をこっそり取り出したとき、グレイスはふと妙な音を聞いた。

金属がこすれ合うような不快な音は、どうやら船を海へと下ろすための進水台の方からするようだ。

ドッグの方は基本立ち入り禁止なのだけれど、その不快な音に妙な胸騒ぎを覚え、グレイスはそっと音の方へと近づいていく。

大きな船の陰になり、あたりは薄暗いけれど、音のする方には誰か人が立っているのがかすかに見える。

式典に向けて準備をしているようにも見えるけれど、それにしては妙にこそこそした動きに違和感を覚える。

(念のため、誰か人を呼んだ方がいいかしら……)

こういうとき、側にエリックがいればどうすべきか相談できるのに、今手の内にある棘ではわずかに気持ちを落ち着けてくれるくらいの効果しかない。

そのせいで判断に迷っていたとき、不意に怪しい人影がこちらを振り返った。

ドッグの隙間から差す光に照らされたその顔は不気味なほど青白く、グレイスを見つめる眼差しもどこか虚ろで焦点が合っていなかった。

明らかに尋常でないその様子にグレイスが慌ててその場を立ち去ろうとしたとき、床に置かれていた工具に足を取られて転倒してしまう。

世界が反転すると同時に頭に強い衝撃が走り、次の瞬間、グレイスの意識は深い闇へと呑まれてしまった。

＊　＊　＊

「お前、笑顔が引きつってる」

リカルドからのさりげない指摘に、カーティスは慌てて頬の筋肉に力を入れ直す。

「それでは、ごきげんよう」

そう言って去って行くのは、以前付き合いのあった男爵令嬢で、笑顔が引きつるのはもちろん彼女のせいだ。

「引きつりもしますよ。あの女、私のグレイスを馬鹿にする発言ばかりだったんですよ」

「まあ言いたくもなるだろう。お前、今までいろんな女にいい顔してたし」

「社交界で顔を繋ぐためですよ。本当の笑顔を向けていたのは、グレイスただ一人です」

「ってことは、俺に向けてるそれも偽物か？」

「気づいてなかったんですか？」

口調も笑顔もあまりにすがすがしくて、リカルドは思わず苦笑する。

「それにしても、グレイスは遅いですね」

「トイレか？」

「たぶん、こっそりエリックの棘を触りに行ったんでしょうね」

そうに違いないと繰り返すカーティスに、リカルドは露骨に怪訝な顔をする。

「何で棘を？」

「グレイスの精神安定剤なんです」

「確認するが、棘だよな？」

「棘を持ち歩くなら、いっそ私の髪を持ち歩いて撫でてくれると嬉しいのですが、私ではだめなようで」

細さも撫でやすさも負けないのにと拗ねた気持ちになるが、それでも棘で我慢できるようになっただけ大進歩だろうと思い、彼女がドレスに隠しているところを見ても咎めなかったのだ。

とはいえ戻ってくるのが少し遅いのは気がかりで、カーティスは辺りを窺う。

「もしかして、記者にでも捕まってしまったのでしょうか」

「電話での嫌がらせの件もあるから、一応ナターシャをつけたが……」

「リカルド！」

タイミングよく、少し離れた場所からナターシャの声がする。

けれどその顔はこわばっているようにも見え、カーティスは呼ばれたリカルドより先にナターシャのもとへと急いだ。

「こっちに」

言うなり歩き出したところを見ると、どうやら何か問題が起きたようだ。

その問題について尋ねたい気持ちもあったが、早く来いとせかす様子にひとまずぐっと堪え、ナターシャの後を追う。

すると彼女は会場の入り口に停めた一台の馬車まで歩き、その扉に手をかける。

「驚くと思うけどあまり大騒ぎしないで、一応無事だから」

その言葉にカーティスの背筋がすっと冷えていく。

彼はナターシャと馬車の間に割り込むと、扉を勢いよく開け放った。

「……グレイス！」

そこにはぐったりと目を閉じたグレイスの姿があった。

「船の側で倒れているところを見つけたの」

「まさか、誰かに暴行されたんですか？」

「それはなさそうだけど、進水台にちょっと問題があって」

ナターシャの説明に、それまで後ろに控えていたリカルドが素早くきびすを返す。

言葉はなかったが、そちらは任せろということだろう。彼に船の方は任せ、カーティスはグレイスの頬にそっと触れた。

「……ん……」

するとわずかに身じろいで、グレイスがゆっくりとまぶたを開ける。

けれど意識が朦朧としているのか、彼女の瞳はカーティスを捉えない。

「私……」

「動かないでください」

この様子だと頭を打っているかもしれないし、それなら今すぐ病院に連れて行くべきだろう。

けれど残念ながら、カーティスに付き添いは無理だ。

進水式はこれからが本番で、今ここで二人して会場を離れれば騒ぎになるのは目に見えている。

「ナターシャ、彼女を病院へ」

「病院……？」

事態が呑み込めないのか、グレイスが不安そうにカーティスの腕を握った。

「あなたは倒れていたんです、だからすぐに病院へ行かないと」

「でも……式典が……」

やることがあるのにと虚ろに繰り返すグレイスに、カーティスは大丈夫だからと声をかける。

グレイスの表情は不安そうで、叶うならずっと、彼女の側にいたくてたまらない。

いっそ、後はリカルドに任せてしまおうかとすら思ったが、間が悪くリカルドが厳しい表情で戻ってきた
「カーティス、まずいことになった」

いつも以上に低い声音に、リカルドでは解決できない事態が起こっているのだろうとわかり、カーティスは断腸《だんちょう》の思いで縋りつくグレイスの腕を引き剝がす。

その代わり、彼は馬車に隠しておいたあるものを、そっとグレイスに手渡した。

「エ…リック…？」

「念のために彼も連れてきていたんです」

てっきり喜ぶかと思ったが、グレイスは状況がよくわかっていないのか、エリックではなくカーティスの腕をもう一度摑む。

「私…まだ…平気よ…」

「わかっています、あなたはよくやってくれている」

でも万が一何か、彼女がつらい目に遭ったとき、少しでも彼女の支えになるようにとエリックをこっそり連れてきていたのだ。

それをまさかこういう使い方をするとは思わなかったが、ある意味で彼がここにいるのは幸運だったのかもしれない。

「私はついて行けないから、彼と一緒にいてください。式典が終わったら、私もすぐ行きますから」

「大…丈夫…まだ…」

「だめだ！」

身体を起こそうとするグレイスに思わず強く言ってしまうと、彼女は怯えたように目を見開く。

だがやはり意識が朦朧としているのか、グレイスはそれ以上何も言わず、カーティスを摑んでいた腕を緩めた。

「ちゃんと病院で診てもらってください。もしあなたに何かあったら、私は生きていけない」

再び目を閉じたグレイスにその言葉が届いたかはわからなかったけれど、彼女は言われるがまま馬車の座席にじっとしている。

「ナターシャ、後を頼みます」

言われるまでもないという顔で、ナターシャがグレイスの側に乗り込むと、御者の合図で馬車は走り出す。

それを見送りたい気持ちになるが、肩を叩いたリカルドの手は暗に急げと言っている。

この状況で彼が急かすということはよっぽどのことだろうと思い、カーティスは彼と共に船の方へと急いだ。

「ここに、あの子が倒れていたらしい」

工具が散乱した薄暗いドッグの中、リカルドと共に進水台へと進むと、潮《しお》の香りに混じって妙なにおいが漂ってくる。

嫌な予感を抱きながらさらに先へと進むと、悪臭のもとは進水台の上に横たわっていた。

「グレイスは、これを見て失神したんでしょうか？」

「お前と違って普通そうな子だし、その可能性は高いだろうな」

「ちなみに、ほかに誰かこれを見た者は？」

静かな問いかけに首を横に振りながら、リカルドは進水台へと近づく。

そして彼がゆっくりと引き起こしたのは、血まみれの男だった。

ありえない方向に首が曲がった姿を見れば、近くに寄らなくても事切れているのがわかる。

だがそれを見てもカーティスは眉一つ動かさず、それよりも彼が横たえられていた場所へと目を向ける。

「まるでバイキングの儀式のようですね」

「進水式に人の血を船に吸わせるってやつか？」

「もし何も知らずに式を続けていたら、前時代的な儀式になっていたところです」

自身も男の遺体に近づき、カーティスはその姿をじっと見つめる。

見たところ男は浮浪者らしく、悪臭の正体はそもそもの体臭だろう。

寝床を求めてドッグに忍び込んだようにも見えるが、首を走る大きな傷跡をつけた凶器がこの場所にはない。

またあたりに血だまりはなく、死後何らかの理由でここに運ばれたのは素人目にも明らかだ。

「ほかに、ここでのことを知っているのは？」

「ナターシャと、知られても問題ないやつだけだ。あと、そのうちの一人が怪しい男を見たって言うから、一応人相書きは作らせたが……」

時間がなかったので雑だと前置きをしてから、リカルドは人相書きをカーティスに渡す。

そのとたん、死体を見てもまったく動揺しなかったカーティスの瞳が驚きで揺れた。

「まさか、知り合いか？」

「ええ。ちなみに、髪や肌の色は？」

「金髪で、肌はお前と同じくらい。瞳の色ははっきりしないが、緑だった気がすると目撃者は言っている」

「……それなら、なんとしてもその男を捕らえてください」

有無を言わせぬ声音に何かを察したのか、リカルドは大きく頷いた。

「あと、これはどうする？」

「身分を調べた上で、しかるべき処理を」

「式典の方は？」

「もちろん続けますよ。ただ、終わったところで彼女のもとにはまだ行けそうもないですが……」

渡された人相書きをリカルドに乱暴に突き返してから、カーティスは社長としての笑顔を貼り付け、もう一度時計を確認する。

「何事もなければ、オンタイムで始められそうだ」

「ワインは誰が割る？」

「適当に見繕います。グレイスでなければ、ほかは誰だって同じだ」

後は任せたとリカルドの肩を叩き、カーティスはまるで何事もなかったような顔でその場を離れる。

メイン会場に戻れば、そこは進水の瞬間を見ようと心待ちにするたくさんの客たちで溢れ、彼らは無邪気にパーティを楽しんでいるようだ。

「それでは、そろそろ本日のメインイベントです」

司会の男が声高に宣言するのを聞きながら、カーティスは式のためにつくられた壇上に上がり、笑顔で手を振った。

第九章

指先に感じたわずかな痛みが、グレイスを暗闇から引き戻す。

意識が戻ると今度は頭がズキリと痛み、思わず口から苦痛の声がもれた。

そのまま大きく息を吐くと、薬品の匂いが鼻腔を撫でる。

それを不思議に思いながら辺りを見回せば、そこは見慣れた寝室だった。

窓の外はもう暗く、雨が降っているのか雨粒が窓を叩く音が響いている。

その音を聞きながら、部屋を照らすランプの明かりを頼りに改めて自分の周りに目を向けると、寝かされていた寝台の側に、マーガレットが座っていることに気づいた。

一人がけの椅子に座った彼女はわずかにうつむいていて、どうやら眠っているらしい。

眠る彼女を起こさないようそっと上半身を起こしたところで、グレイスは自分の側にエリックが置かれていることに気がついた。

先ほど感じた指の痛みは、彼を抱きしめながら寝ていたせいだろうとわかり、少しだけほっとする。

(でも最近は、一人で寝ていたのにどうして……)

ぼんやりする頭を軽く振りながら、グレイスは眠るマーガレットに視線を向ける。

するとマーガレットの膝に新聞が置かれていることに気づいた。

進水式の記事が一面を飾る新聞には、大きな写真ものせられており、そこにはカーティスと見知らぬ女性が映っている。

グレイスの場所からはそれが誰かはわからなかったけれど、女性が握っているのは割れたワインのボトルのようで、彼女が進水の儀を行ったのだろうということはなんとなく理解できた。

(そうだ、私、式典で……)

記事を見たことで、グレイスはようやく自分が倒れた直前のことを思い出し始める。

ひどい頭痛のせいで鮮明ではなかったけれど、倒れて地面に頭をぶつけたことや、馬車で運ばれる際にエリックを手渡されたことだけは強く印象に残っており、そのせいでカーティスに迷惑をかけたのは明白だ。

自分ではない別の女性が見出しを飾っているのもそのせいだと気づいた瞬間、グレイスは情けなさに涙が零れそうになる。

「私、失敗したんだ……」

なぜ倒れたかは思い出せないけれど、最後の記憶ではグレイスはエリックの棘に気を取られていた気がする。

もしそのせいで足を取られて転んだのだとしたら、なんて情けないのだろう。

ぼんやりした記憶の中でカーティスが怒っていたのも当然だし、きっとエリックを返してきたのもグレイスに落胆した結果にしか思えない。

（今までずっと頑張ってきたのに、やっぱりだめだった……）

カーティスに認めてもらえるように、妻としてちゃんとできるのだと思ってもらえるように頑張ったのに、自分は一番大事なところで失敗したのだと思うと、情けなさと悔しさが溢れ出す。

そのまま声を殺して涙をぬぐっていると、側で寝ていたはずのマーガレットが慌てた様子でグレイスの頭に手を置いた。

「どこか痛むの？」

不安げな眼差しに、グレイスは慌てて首を横に振る。

「驚かせないでちょうだい。あなた、一日以上眠っていたのよ」

「そんなに……？」

「ええ。カーティスもすごく心配してたわ」

マーガレットはそう言うが、むしろ呆れていたのではないかと思わずにはいられない。

「彼に、迷惑をかけちゃった」

「カーティスは気にしてないわ」

マーガレットはそう言ってくれるけれど、彼の姿がこの場にないことがグレイスを不安にする。

「今度こそ、見放されたのかな……」

「馬鹿なこと言わないで。彼は、ちょっと仕事で出ているだけよ」

マーガレットは繰り返すが、なぜだかその口調は彼女に似合わず煮えきらないところがあった。

それが余計にグレイスの不安を刺激して、再び目から涙が溢れ出す。

そう思うのに涙が止められなくて、何度も手の甲でぬぐっていると、マーガレットは身を乗り出し、グレイスの隣に腰を下ろした。

(泣いたって何もならないのに、情けない……)

「あなたの思っているようなことではないの。だからほら、涙を拭《ふ》いて」

ハンカチで頬を撫でる手つきはとても優しくて、だからこそ涙が余計に溢れてくる。

そんなグレイスを見かねてか、マーガレットは困ったように大きく息を吐く。

もしかしたら、マーガレットもまた迷惑をかけるばかりの自分に呆れているのかもしれないと不安に思うが、涙に濡れた瞳で彼女を見ればその表情は呆れや落胆とは少し違う。

「何を勘違いしているのかわからないけど、カーティスは本当に動揺していたのよ。時間がなくてすぐ出て行ってしまったけど、あなたの怪我がたいしたことがないとわかってほっとしていたんだから」

「本当に？」

「あたりまえでしょう。カーティスは、ちょっと心配になるくらいあなたにご執心だもの」

そう言ってマーガレットは微笑むけれど、やはりまだグレイスはぴんとこない。

「むしろなんで疑うのかこっちが聞きたいくらいよ。いろんな順序をすっ飛ばしていきなり結婚したいと言い出すくらい、あなたに熱を上げてるのに」

「だって彼はその、過去を償うために結婚したんでしょう？　急いだのだって、私たちを少しでも楽にするためだって」

「確かにそれも理由の一つだろうけれど、それだけじゃないわ」

「でもそうは思えないの。彼にはその、今までたくさん恋人がいたみたいだし……」

「そういう噂があるだけよ」

マーガレットは、確信があると繰り返す。

確かに彼女が嘘をついているようには見えないが、逆にその確信の根拠がグレイスは気になった。

マーガレットは誰かの気持ちを絶対に信用しない。特に愛情や友情は最も壊れやすいものだとずっと繰り返してきたのだ。

「その顔は、信じてなさそうね」

「だって、おばあさまが言うと正直ちょっと……」

「嘘くさい？」

苦笑するマーガレットに、グレイスは申し訳なく思いながらも頷く。

「そう言われるのも仕方ないけれど、私がカーティスのことを信頼しているのは事実なの。それに、これはあの話をする良い機会かもしれない……」

「良い機会って？」

「なぜ信頼しているのか、教えてあげる」

そうすればあなたも安心するでしょうと告げてから、マーガレットは取りに行くものがあると一度部屋を出る。

しばらくして戻ってきた彼女は、その手にいくつかの新聞を抱えていた。

「本当は黙っていたかったのだけれど、あなたも巻き込まれてしまったし今日こそちゃんと話すわ」

手にした新聞の一つを差し出して、マーガレットはこれが証拠だと静かに告げる。

細い指の先が示していたのは、数年間に発行された新聞の死亡記事だ。

『レナルド＝ファロン』と『リリア＝ファロン』に『エドワード＝ファロン』って、カーティスの両親と弟さんの名前よね？」

「ええ。ちょうど二年ほど前かしら、鉱山の落盤事故で二人ともあっけなくね」

「落盤事故ってまるで……」

天罰でも下ったようだと思ったけれど、記事を見つめるマーガレットの表情はつらそうで、グレイスは言葉の先を続けることができなかった。

「もしこの事故の原因を作ったのが、私とカーティスだと言ったらあなたは軽蔑するかしら」

「……えっ？」

軽蔑するも何も、あまりに突飛な話すぎてグレイスには信じることができない。

けれど苦しげな表情で唇を嚙むマーガレットの横顔を見ていると、彼女が嘘をついているようには見えなかった。

「話を聞かせて」

マーガレットの手を握ってそう告げると、彼女は静かに事のあらましを話し始めた。

「始まりは五年ほど前よ。社長に就任したばかりの彼は、罪を償い、グレイスを幸せにする許しが欲しいと言ってきたの」

「じゃあ、二人は五年も前から会っていたの……？」

てっきり最近のことかと思っていたグレイスは、マーガレットの言葉に耳を疑った。

「私が頑固だったから、許可が下りるまで長くかかっただけ。あの頃はまだ、私は彼と彼の両親を許せていなかったから」

カーティス自身に罪はないとわかっていたけれど、現れた彼はどこか彼の父に似ていた。

その顔でグレイスを欲しいと告げられたことで燻っていた恨みが再びこみ上げて、結婚なんてとんでもない、と彼を追い返してしまったのだと語る。

「でも彼は諦めなかった。私の気が変わるまでと言って何度も現れて、そのたびに追い返して、ひどい言葉を何度もぶつけてしまったの。我ながら大人げないくらいにね」

あの顔を見るたび冷静になれず、彼の言葉を受け入れることができなかったのだとマーガレットはうなだれた。

「それでも彼はめげなくて、私も疲弊していたんだと思う。私、ひどいことを彼に言ってしまったの」

一度言葉を切って、マーガレットは大きく息を吐く。

それから、声を震わせながら、彼女は大きな秘密を打ち明けた。

「本気でグレイスを娶《めと》りたいなら、ファロンの家と決別したことを証明しろと言ってしまったの。あの一家を私たちと同じ目に遭わせてみろとまで……」

「本当に？　本当にそんなことを言ったの？」

表向き、マーガレットは昔のことなど忘れたふうに過ごしていたから、彼女が口にしたという言葉には驚いた。

確かに恨みは残っていると思っていたけれど、そんな言葉を口にするほどだなんて、グレイスは思ってもみなかったのだ。

「私は彼の気持ちを見くびっていたんだと思う。同時に彼が私の言葉に追い詰められていることにも気づかず、まさか本当にそうするなんて思ってなかったの」

後悔に満ちた言葉を聞く限り、カーティスはたぶんマーガレットの言葉を実行してしまったのだろう。

「それからしばらく顔を見せなくなって安心していた頃、彼がまた現れたの。ファロン家全員が鉱山の事故に遭い、死んだと書かれた新聞記事を持って」

それがこれだと差し出された新聞に、グレイスは改めて視線を落とす。

「事故とは書かれているけど、自分がやったと彼は笑っていたの。そして、約束通りグレイスと結婚したいと言ってきて……」

「それで、許したの？」

「ええ。なんだか、怖くなってしまって」

「それは、カーティスのことが？」

「自分がよ。再会したてのカーティスはそんなことをするような子じゃなくて、本当に良い青年だったの」

でも、自分が変えてしまったのだとマーガレットは唇を噛む。

「彼は純粋に、あなたを愛していた。あなたを幸せにすることだけ考えて、そのために新しい自分と仕事まで見つけたのに、そのすべてに泥を塗るようなことを私はさせてしまった」

言葉を重ねるうちに、マーガレットの瞳は赤く潤み、彼女の身体が震え始めた。

「私のせいなの、私が彼を壊した……」

自分のせいだと繰り返す姿を見ていられなくて、グレイスは彼女をそっと抱きしめる。

そのまま背中をさすっていると、ようやくすべてが本当の話なのだと実感がわいてくる。

何も知らず、のんきな毎日を送っていた裏でマーガレットやカーティスがずっと苦しんでいたのかと思うと、悔しくて情けなかった。

「何も知らなくて、ごめんなさい」

「あなたは何も悪くないわ。それに、このことを隠そうと言ったのも私なの」

カーティスは立派な青年で、じゅうぶんグレイスにふさわしかったのに、自分が彼を歪めてしまったことが苦しかったのだとマーガレットは繰り返す。

「あなたに知られて、嫌われてしまうのも怖かったの。たった一人の家族を、失いたくなくて……」

「嫌ったりしないわ、むしろおばあさまの痛みに気づかなかった私も同罪よ」

大丈夫だからと優しく声をかけると、マーガレットは次第に落ち着き、わずかに乱れていた呼吸も穏やかになっていく。

「ごめんなさい、私には泣く資格なんてないのに」

「我慢しなくていいわ。むしろもっと泣いたってかまわない」

「そういう優しい言葉は、カーティスにかけてあげて。彼が一番、つらかったはずだから」

マーガレットの言葉に、グレイスは夢の中で彼が謝罪を繰り返していたのを思い出す。

あれは自分に向けてのものだと思ったけれど、それとは別の意味があったのかもしれない。

カーティスは両親のことを憎んでいたけれど、それでも手にかけるほどではなかったはずで、だとすれば笑顔の裏では罪の意識にさいなまれ、苦しんでいたに違いない。

（私、自分のことばかりだった……）

もう少しちゃんと彼を見ていたら、迷惑をかけるばかりでなく、カーティスのためにできることがあったのかもしれないのにと悔やむ気持ちが溢れ出て、グレイスはきつく唇を噛む。

そうしていると突然、部屋の扉が叩かれた。

もしかしたらカーティスかもしれないと顔を上げたが、開いた扉から現れたのは意外な人物だった。

「ナターシャ、どうしてここに？」

思わず尋ねると、彼女はぎこちない足取りで部屋に入ってくる。

「いろいろあって、私はあなたの護衛なの」

「護衛？」

「質問は後。それより、起きられそうだったらついてきてもらえる？　カーティスから、あなた宛ての電話が来ていて」

カーティスの名前に、グレイスは思わずマーガレットを見つめる。

「行ってあげて。あの子、あなたが倒れてからずっと心配していたんだから」

それだけは信じてあげてと背中を押され、グレイスは寝台を下りる。

まだ少しふらふらしたけれど、ナターシャの手を借りて歩き出せば身体は思ったより大丈夫そうだった。

「社長に元気だって伝えてあげて。あなたの無事を知りたがって、何度も電話が来るの」

どこかげんなりした様子のナターシャに頷き、グレイスは一階にある電話の前に立つ。

ナターシャは気をきかせて離れたところに移動し、残されたグレイスは一人受話器をそっと耳に当てた。

そのとたん、受話器の向こうから安堵したようなため息がもれた。

『グレイスの吐息だ……』

「あの、私まだ何も言ってないわよね？」

なぜわかったんだと驚くと同時に、あまりに間の抜けたやりとりについ脱力してしまう。

『言わなくても、吐息と気配でわかります』

マーガレットの話を聞いた後なので、正直、彼にどう声をかけたら良いのかわからなかったが、いつも通りの彼の声を聞いていると、グレイスの口から自然と声が出る。

『それで、具合はどうですか？　頭はまだ痛みますか？』

「少しずきずきするけど、平気よ」

それは良かったと安堵の声に続き、電話の向こうでカーティスが不意に咳き込む。

「あなたこそ大丈夫？」

『無理がたたったのか、風邪をひいたみたいで』

けれどそれに頓着していないのか、本当に大丈夫かと、こちらの心配ばかりしてくる。

『呼び出すのは忍びなかったのですが、ナターシャから意識が戻ったようだと聞いて、いてもたってもいられなくて』

「大丈夫よ。それより式典ではごめんなさい」

『かまいません。怖い目に遭ったのだから気を失って当然だ』

「えっ、怖い目……？」

　思わず聞き返せば、受話器の向こうでカーティスがわずかに戸惑う気配がする。

『もしかして、倒れたときのことを覚えていないのですか』

「何かに躓《つまず》いたような気はするけど……」

　そういえば何で躓いたんだろうと改めて考えた瞬間、倒れたときのことが突然脳裏によみがえった。

「……っ!!」

　最後に見た虚ろな顔も思い出し、グレイスは息が止まりそうになる。

『グレイス？　どうしました？』

　受話器から心配そうに自分を呼ぶカーティスの声と、腕に持ったエリックのおかげでなんとか叫ぶのは堪えられたけれど、身体はわずかに震えてしまう。

「ごめんなさい、今、ようやくあのときのことを思い出して……」

『無理に思い出さないでください』

「大丈夫。襲われたわけではないし、顔を見た次の瞬間には、男は逃げてしまったし」

『男……逃げた……？』

　そこで言葉を切ると、カーティスは不意に黙り込む。

「もしかして、何か問題があるの？」

『ちょっと、ナターシャを呼んでもらえますか？』

言われるがまま、食堂で控えていたナターシャに声をかけると、彼女は怪訝そうな顔でやってくる。

『彼女がある男の似顔絵を持っているので、ちょっと確認してもらえますか？』

怖いと思うけれど、少しだけ我慢してくださいとカーティスが言うので、グレイスは言われるがままナターシャに事情を話し、その似顔絵とやらを見せてもらう。

「この人よ！　この人が、進水台のところにいたの！」

『……なるほど、やはりそうか』

とたんに受話器の向こうの声が冷たくなり、グレイスの背筋がぞくりと震える。

電話越しであるにしても、彼の言葉は無機質すぎて、なんだかひどく恐ろしかった。

『ありがとうございます。おかげで仕事はすぐに終わりそうだ』

「あの、仕事って何をしているの？」

『ちょっとした後片付けです。それが終わり次第、すぐあなたのもとに帰りますから』

言うなり、カーティスは素早く電話を切ってしまう。

「社長は何て？」

「仕事が終わったら、すぐ帰るって」

「そう」

こちらも淡泊な声で答え、似顔絵をしまおうとするナターシャ。

でも先ほどのことがどうしても気になって、グレイスは彼女の腕を掴む。

「ねえ、カーティスが今してる仕事って何だかわかる？」

「……さあ」

「もしかして、何か危ないことじゃない？」

「私は、ただの秘書だから知らない」

そう言いつつ、あからさまに逸らされた視線にグレイスは確信する。

「知ってるでしょう？　教えて」

「知らないわ」

「ごまかしても、私にはわかるわよ」

まったくと言っていいほどナターシャの表情は変わっていなかったけれど、サボテンの感情を読もうと十二年間努力していたグレイスにはわかる。

ナターシャが浮かべているのは、明らかに動揺だった。

「……知っていたら、どうするつもり？」

「彼が何をするつもりか教えて欲しいの」

教えてもらえるまで、腕は絶対に放さないと強く睨むと、ナターシャは観念したように肩を落とした。

「あなたが見たって男……、実は式典で問題を起こしたの」

「じゃあ、もしかして進水式は……」

「事前にいろいろわかったから、大丈夫。……でも、それでも社長は許さないから」

「許さない？」

「時々いるのよ、彼にちょっかい出してくる人。特に今回はあなたが巻き込まれたし、すごく怒ってると思う」

それに男はカーティスの知り合いみたいだったと、ナターシャは思い出したように付け加える。

「だからたぶん、直々にその……お仕置きすると思う」

「お仕置きって具体的に何を？」

そこで再びナターシャは口を閉じたが、その様子とマーガレットから聞かされた話とを合わせて考えれば自ずと予想はつく。

「ひどいことなのね」

「まあ、そういうこと」

進水式への妨害がどんなものだったかはわからないけれど、グレイスが関わっていることを思うと彼はまた罪に問われるようなことをしてしまうのではと思わずにいられない。

（信じたくないけど、おばあさまの言うとおり彼に怖い一面があるのは確かなのかも。

さっきの声も、なんだか普通じゃなかったし……)

だとしたら、このまま黙って見ていることなどできなかった。

「カーティスのいる場所、わかる？」

「わかったとして、どうするの？」

「彼を止めたいの」

これ以上彼が罪を重ねないように、なんとしても止めたいという思いでナターシャの手をぎゅっと握ると、彼女はしばらくの間じっと考え込む。

けれどいつまで経っても手と視線を放さないグレイスに、ついに根負けしたらしい。

「いいけど、後で私のことかばってね。社長、怒ると怖いの」

「お説教なら、私が代わりに受けるから任せて」

だから今すぐお願いと訴えれば、ナターシャは「すぐに馬車を用意する」と外へと走っていった。

＊　＊　＊

馬車というにはかなり無理がある、荷車に近い乗り物と馬を手配したナターシャと共に、グレイスがやってきたのは式典があった港だった。

　荒々しいナターシャの手綱さばきのせいでわずかな気持ち悪さを感じつつ馬車を降りると、ナターシャは少し離れたところにある大型の貨物船を指差した。

「だいたい、お仕置きはあの船でやるの」

「詳しいのね」

　その理由が気になりつつも、なるべく静かにするようにと告げるナターシャに従い、グレイスは言葉を呑み込む。

　彼女の案内で港の奥へ進むと、とある大きな貨物船の前でナターシャは立ち止まった。

　新しい豪華客船ほどではないが、その大きな貨物船は無骨なこともありかなりの迫力だ。

　そこにかけられた渡り板を渡り、ずんずん進んでいくナターシャ。

　夜の暗さと静けさにグレイスの方は一瞬足が竦むが、一緒に連れてきたエリックを抱きしめることでなんとか勇気を振り絞る。

　それからグレイスはエリックと共にナターシャに続くと、彼女は慣れた様子で船室の扉を開けた。

「ここに隠れていれば、そのうち来るはず」

　リカルドにも確認したから絶対だと告げるナターシャと共に、船員の食堂らしき部屋に入る。

「船は初めて？」

「ええ。まさか、こんなことで乗るとは思わなかったけど」

そっとため息をついて、グレイスは椅子の一つに腰を下ろす。

するとナターシャもおずおずと隣の椅子に腰かけ、少し心配そうにグレイスを見つめた。

「頭とか、痛くない？」

「今は全然平気。むしろ、心配なのはカーティスよ」

もうすぐここに来るという彼を、果たして自分は止められるのだろうか。

「あなたがやめろって言ったら、社長は嫌でもやめると思う」

「本当に？」

「社長、気持ち悪いくらいグレイスのこと好きだから」

その言い方はひどいと思ったが、マーガレットの言葉を思い出すと彼の愛情が過剰なのはなんとなくわかる。

「前からずっと、グレイスのことばっかりだし」

「そうなの？」

「うん。だから、私もここにいるし」

それからナターシャは、小さな声で「ごめんなさい」と囁く。

「実は私も、あなたに隠していることがあるの」

意外な言葉に驚くと、ナターシャは躊躇いながらも何か打ち明けようとするように口を開く。

「……待って、何かおかしい」

けれど彼女が口にしたのは警戒の言葉で、グレイスはエリックを抱え直しながら慌てて周囲に気を配る。

ぐらりと、船が大きく揺れたのはそのときだった。

大きな波でも来たのかと思ったが、どうやらそういうわけではないらしい。

「動いてる？」

「みたいだけど、ちょっと変かも」

沖に出ることはないのにとナターシャが首をかしげた瞬間、突然食堂の扉が勢いよく開かれる。

そして現れたのは、大柄な一人の男だった。

男は二人を見るなり明らかに敵意をむき出しにし、手にした鉄パイプを威嚇するように振り回し始めた。

「あの人、カーティスの仲間の人……なの？」

違う気はしたが念のため尋ねると、ナターシャは首を横に振る。

「たぶん、これは悪い状況」

ナターシャはグレイスの腕を引き部屋の奥まで下がるが、逃げ道はない。

その上二人を睨む男は大柄で、華奢な二人ではどう見ても勝ち目がなさそうだった。

「待ってて」

けれど次の瞬間、ナターシャはグレイスの手を放し、男の前に立ちふさがる。

無茶はしないでと慌てたグレイスをよそに、ナターシャは纏っていたデイドレスを翻し、風のような早さで男の懐に入り込む。

グレイスはもちろん、男もまたナターシャの行動を予想していなかったのか、慌てて防御の姿勢をとるがもう遅い。

細い足が繰り出したとは思えぬ素早い蹴りが男の脇腹を強打し、続けざまに放った拳が男の顎を打ち砕く。

どちらも相当な威力があったのか、男はあまりにあっけなくその場に倒れ動かなくなった。

「……すごい」

とにかくすごい、と呆然とするグレイスに、ナターシャは早く来いと手招きする。

「ねえ、あの、今のどうやって……」

「急所を蹴っただけよ？」

何でそんなあたりまえのことを聞くのか、と言う顔で首をかしげるナターシャ。

その表情は愛らしいが、彼女にも何か秘密がありそうだと気づいて、グレイスはうなだれる。

（なんだか、私の周りの人はみんな裏の顔があるみたい……）

むしろそれが普通なのかと鉢植えを撫でながら考えていると、ナターシャが倒れた男の落とした鉄パイプを拾い上げる。

「誰かが潜んでる気配はするなって思ってたんだけど、もしかしたらこれ、罠だったかも」

「それって、あまり良い状況じゃないってことよね？」

「カーティスとリカルドだから、たぶん大丈夫だとは思うけど……」

どうだろうとナターシャが首をかしげた次の瞬間、遠くで銃声のような音が響いた。

「とりあえず、様子を見に行きましょう」

拾い上げた鉄パイプを手に部屋を出るナターシャに、慌ててグレイスも続く。

そのまま二人でプロムナードデッキを進めば、行く先々では柄の悪い男たちが何人も倒れていた。

「これは、カーティスたちがやったの？」

「たぶんそう。あの二人、ああ見えてすごく強いから」

倒れた男たちを平気で踏み越え、ずんずん進んでいくナターシャについて行くと、程なくして手狭なウェルデッキへとたどり着く。

するとこ今度はデッキの上部、船首甲板の方から再び銃声が響いた。

「それ以上の抵抗はやめなさい！」

続いて響いたカーティスの声に、グレイスは慌てて船首へ伸びる階段を上る。

それにナターシャも続こうとしたが、銃声におびき寄せられるように船尾の方から数人の男たちが駆けてきたため、彼女はそちらに目を向けた。

「ここは任せて」

一人で大丈夫だろうかと不安もあったが、どのみちグレイスが側にいても足手まといにしかならない。

「あれくらい、一瞬よ」

それに鉄パイプを片手にデッキに立つナターシャの背中は妙にたくましく見え、グレイスは礼を言って、階段を駆け上がった。

そのまま船首甲板に上った直後、グレイスが見たのはもみ合う男たちの姿だった。

一人はカーティスで、もう一人は進水式で見たあの男だ。

銃を手にしていたのは男の方で、カーティスはその腕から銃を引きはがそうと、船の側面に彼の腕を叩き付けている。

だが次の瞬間、大きな波が船に当たり、二人の身体が船外へと傾く。

「カーティス！」

グレイスは慌てて駆け寄ったが、それよりも二人の身体が船から投げ出される方が早かった。

「だめっ!!」

慌てて船から身を乗り出すと、間一髪のところでカーティスの手は船の縁を摑んでいた。

同時に彼は、自分を見下ろすグレイスに気づき、目を見開く。

「どうしてここに……!?」

問いかけに答えようと口を開くが、彼女の声より早く一発の銃声が轟く。

驚いてカーティスの足下を見ると、彼の右足にあの男がしがみつき銃を持つ手を振り回していた。

「落ちろ！　落ちろ！　落ちろ！　落ちろ！　落ちろ！」

狂ったように響く声にぞっとしながら、グレイスは彼の銃がカーティスに当たらないようにと祈る。

だが立て続けに数回の銃声が響いた瞬間、縁を摑んでいたカーティスの手から見る間に力が抜けていく。

「カーティス！」

ずるりと落ちる彼の腕をぎりぎりで摑むが、先ほどの銃声でどこか怪我したのか、腕に力が入っていない。

唯一の救いは、彼の身体ががくりと揺れたおかげで男もまたバランスを崩したことだろう。

カーティスの足をうまく摑み損なったのか、男は呆然とした表情で海へと落ちていく。

おかげでだいぶ軽くはなったが、エリックを抱えた状態ではこちらもうまく力が入らず、グレイスの半身も船の外へとずり落ちそうになる。

「グレイス…手を……」

「放さないから！」

絶対に放さないと繰り返してから、グレイスは左手に抱えたエリックを見つめる。

身を乗り出しているため、今手を放せばエリックは海に落ちてしまうだろう。

けれどエリックとカーティスを天秤にかけて、グレイスがどちらを選ぶかはもう決まっている。

「……っ、ごめんなさい」

グレイスはエリックを手放し、代わりにカーティスにもう片方の手を伸ばす。

落ちていくエリックに気づいたカーティスが慌てて腕を伸ばしたが、その指先は棘にさえ触れることができなかった。

「カーティス、こっちに手を伸ばして」

そして私を見てと訴える声に、カーティスはエリックを諦めグレイスを見上げた。

カーティスの腕をグレイスが必死に摑んでいると、一度は抜けていた力が身体に戻ったのか、彼は縁を摑み直し、グレイスの手を借りてなんとか甲板へと上りきる。

けれどほっとしたのもつかの間、彼のシャツは赤い血で濡れていた。

「カーティス、肩から血が……」

「かすっただけです」

彼はそれをものともせず、グレイスをぎゅっと抱きしめる。

彼女の無事を確かめるようにきつく腕を回し、そして彼は怒ったように顔をしかめた。

「どうしてこんなところにいるんですか。それに、なぜエリックを……」

「そうしないと、あなたを助けられないと思って」

抱き合っていると今更のように恐怖がわき上がり、グレイスの身体は大きく震えてしまう。

そんな彼女を強く抱きしめながら、カーティスはなだめるようにグレイスの頭を優しく撫でた。

そのまま彼のぬくもりを感じているとようやく震えは落ち着いて、カーティスの方もほっと息をつく。

「でも、まだ終わっていない……」

けれどまたすぐに、彼は肩を押さえたまま立ち上がる。

「どういうこと？」

「怪我をしていたならともかく、この高さから海に落ちたくらいではたぶん死なない。あいつは、ただでさえしぶとい男だから……」

だから探し出さないとと告げる声はひどく冷たくて、グレイスは慌てて彼の腕に縋りつく。

「もうやめて」

「だめです。だってあいつは、最後の……」

そこで慌てて口を閉じるカーティスの表情は、明らかに何か隠している顔だった。

グレイスは立ち上がり、先ほどより強く彼の腕を摑んだ。

「私、あなたを止めに来たの。おばあさまから全部聞いて、もうこれ以上罪を増やして欲しくなくて……」

グレイスの言葉に、カーティスは彼女が何を知ったかを理解したらしい。

だが何と答えるべきか迷っているのか、カーティスにしては珍しく返す言葉が出てこないようだった。

「探すのはかまわないけど、あの男が罪人なら警察に引き渡して」

「それはできません。だって彼は……」

「理由があるとしても、あなたがこれ以上罪を重ねるところは見たくない」

だからもうやめてと強く訴えると、カーティスはようやく言葉を呑み込んだ。

そのまま見つめ合っていると、不意にカーティスとグレイスを呼ぶ声が聞こえてきた。

男たちを片づけたナターシャが、船首甲板に駆け上がってきたのだ。

「もしかして、撃たれたの？」

「かすり傷です」

大丈夫だと突っぱねるように言った直後、カーティスの身体が不自然に傾く。

それを二人がかりで支えると、彼は激しく咳き込んだ。

その様子にグレイスが慌てて額に手を当てれば、彼の身体はひどく熱を持っている。

怪我をしたのもあるだろうが、電話での様子から察するに、そもそも体調が悪かったのだろう。

もしさっき海に落ちていたらと思うと、改めてぞっとする。

「すぐ、病院に連れて行かないと……」

「今、リカルドが仲間と船を動かしてる」

それほど沖にも出ていないし、すぐ港に戻れると言うナターシャに、グレイスはほっとしながらカーティスをその場に横たえる。

出血は少ないが念のため止血をしていると、カーティスがすがるようにグレイスの腕を摑んだ。

「あの男を……」

「まだ言っているの？」

「……殺すのは、やめます。ですが、早く探さないと逃げられる」

それは自分に任せてと、駆け出したのはナターシャ。

彼女が頼りになることはカーティスも知っているのか、彼はそれ以上の催促をしなかった。

「これで、もう気がかりはないでしょう？」

だから安静にしていてと手を握り返すと、カーティスは悔やむように目を細めた。

「エリックのこと、本当にすみません」

「いいのよ。あなたが無事なら、それでいいの」

苦しげなカーティスの頭を優しく撫でながら、グレイスは彼と自分の両方に言い聞かせるように「大丈夫」と繰り返し続けた。

ようやく安堵したのか、彼はグレイスの膝に頭を預け、目を閉じる。

彼のぬくもりを感じていると、聞きたいことがたくさんあったはずなのに、不思議と言葉は出てこなかった。

だから代わりに彼の頭を優しく撫でながら、グレイスは船が少しでも早く港に着くことを祈った。

第十章

「なんだか、久々に帰ってきた気がします」

そんな言葉と共にカーティスが家へと帰ってきたのは、式典から五日後のことだった。

傷は深くなかったが熱が下がらず、病院でつきっきりで看病していたグレイスはひどく心配したけれど、四日目には熱も下がり、その後どうしても家に帰ると言って聞かない彼は、入院を切り上げてしまったのだ。

「あなたが丈夫なのはわかったけど、まだ安静にしていてね」

使用人たちと一緒になって寝室を整えながら、グレイスは寝台に横になるカーティスに釘を刺す。

「そうは言っても、あんまり効果はなさそうだけど」

空気を入れ換えようと窓を開けながら、グレイスはついいつもの癖で独り言を口にしてしまう。

　それを聞いてくれる存在がいないのは寂しいけれど、それでもカーティスが帰ってこられたことを今は喜ぶべきだろう。

　そう思って独り言を流すつもりだったけれど……。

「効果がないとわかっているなら、私の側で一緒に眠るのはどうでしょうか？」

　抜け目のないカーティスは、窓辺にいたグレイスにそっと近づき、彼女の独り言をしっかりと拾い上げる。

　それに苦笑しながら振り返れば、使用人の姿はない。

　どうやら、二人きりになろうとして、彼が部屋から追い出してしまったようだ。

「安静にしてなさいってお医者様に言われたでしょう？」

「これが一番の薬ですから」

　呆れ声で指摘したけれど、カーティスは素知らぬ顔でいきなりグレイスを抱き寄せた。

　グレイスの髪に顔を埋める彼は子供のようで、彼女は仕方なくされるがままになる。

　病院で治療を受けてから、カーティスはずっとこの調子だ。

　グレイスから離れず子供のように甘えてくるので、なんとなくむげにできない。

（もっと気まずくなると思っていたのに、なんだか調子が狂うわ）

　それもまた彼の計算なのかもしれないが、ひとまず家に帰るまではと黙認していたグレイスである。

だけどもちろん、彼女だってこのままで良いと思っているわけではない。ようやく具合も良くなってきたようだし、眠るつもりがないならそろそろちゃんと話をすべきだ。

(疑問に思ったことは、そのままにしないでちゃんと聞かなくちゃ)

些細な秘密だと思っていたことが、マーガレットが一人で抱えるには重すぎる秘密だったように、ちゃんと聞かないと相手の想いはわからない。

もちろんそれが赤の他人ならば詮索するつもりはないが、カーティスはグレイスにとって特別な人だ。

今後も一緒にいるなら、そのままにするわけにはいかない。

「どうやら、私に聞きたいことがたくさんある顔だ」

「わかっているなら、話してくれる？」

「あなたがそれを望むなら」

「何から聞いたらいいか迷うくらいあるのだけど、かまわない？」

「ええ。それに、なんとなく予想はついてますから」

そう言って、カーティスはグレイスと並んで寝台に腰を下ろす。

カーティスの顔をしっかり見える位置に自身も腰を下ろし、それからグレイスはゆっくりと口を開いた。

「おばあさまから、あなたがあなたの家族にしたことを聞いたの」

「すべて本当です。私はあなたを得るために、家族を手にかけ、そして……」

一度言葉を切ってから、彼はグレイスをちらりと見て、そして続けた。

「それを、繰り返そうとした」

「繰り返す？」

「船で私が殺そうとしたあの男に、見覚えはありませんか？」

逆に質問され、グレイスは男の顔を頭に思い浮かべる。

言われてみるとどこかで見たことがある気がしたが、はっきりとはわからない。

「私も知っている人だったの？」

「彼はエドワード。私の弟です」

「えっ、でも彼は死亡記事に……」

「彼の遺体だけは見つかっていなかったんです。ただ、落盤に巻き込まれたのは事実なので死んだと思っていましたが」

「じゃあカーティスは彼のことも……」

「三年前、マーガレットさまは『あの一家を私たちと同じ目に遭わせてみろ』と言いました。だからもちろんエドワードを含めた家族全員を、同じ目に遭わせるつもりだったんです……」

それから彼は、殺し損ねた弟と自分が家族にした仕打ちについて、静かに語り始めた。

エドワード＝ファロン。

三つ違いの弟とカーティスが再会したのは、グレイスとの結婚の許しを請うためにマーガレットと交わしたある約束を、完遂《かんすい》しかけていたときのことだった。

その約束とは、ファロン家との完全なる決別。

彼らと赤の他人であるなら、ファロン家の者たちをグレイスたちと同じ目に遭わせろとマーガレットは言い、カーティスはそれを実行した。

普通の人間なら躊躇うところだが、カーティスはむしろ明確な約束をもらえたことにほっとしていた。

幼い頃からずっと、カーティスにとって大切なのは、醜い自分を認めてくれたグレイスとその家族だけだった。

だからファロン家には未練も情もなく、むしろ胸のうちにあった恨みを晴らす、絶好の機会が来たとまで思っていた。

そして想像していたよりあっけなく、カーティスのもくろみは成功してしまう。

鉱山の利益によって私腹を肥やしていたファロン家は、少し叩いただけで埃《ほこり》が出るような下劣な輩へと成り下がっており、不正や事故の隠蔽《いんぺい》は日常茶飯事で、その証拠を見つけるのは造作もなかった。

またそれらの証拠を収集および公表できるほどの金と人脈を、既にカーティスは持っていたのである。

社交界でファロン家の悪い噂を流し、国王にファロン家が鉱山で多数の死亡事故を起こしていることを密告すれば、あまりにあっさりと爵位と財産の剝奪《はくだつ》が決まった。

ファロン家の当主レナルドは、議会でも横暴な発言を繰り返していたため、周りも煙たく思っていたのだろう。

あまりに突然の幕引きに、むしろ驚いたのは当人たちの方だったに違いなく、そんな折、今更のように『助けて欲しい』とカーティスのもとに両親から連絡が来たのだ。

迷いはありつつも、久しぶりに家を訪れたカーティスは、ある違和感に気がついた。

金の無心だけなら予想の範囲内だったが、家を訪れたカーティスを見て両親は彼を『エドワード』と弟の名前で呼んだのだ。

失墜《しっつい》に耐えられず気でもふれていたのか、もしくは美しく成長したカーティスを受け入れられなかったのか、『エドワード』としてカーティスを出迎えた。

だが彼ら以上におかしくなっていたのは、家にいた本物のエドワードの方だった。

あんなに溺愛されていたはずの弟は、牢屋のような部屋に閉じ込められ、家畜同然に扱われていたのだ。

後にファロン家の使用人から聞いた話では、カーティスが家を出るのと時を同じくして、エドワードもまた皮膚の病を患ったらしい。

醜く歪んでいく我が子を見て、両親はある種の呪いに思えたのだろう。

友を陥《おとし》れ、鉱山と領地を得たことを快く思わない人たちの間から「罰が下った」「コナー家の呪いだ」という噂まで流れ始めると、両親はそれを否定しつつも心のどこかで恐怖を抱くようになっていたようだ。

故に彼らは今いる醜い息子はカーティスの方だと言い張り、エドワードは海外に留学に出ていると嘘をついて、自分たちと周りを欺いたのだ。

そして病が治った頃には、虐待と嘘がエドワード自身をも歪めてしまい、社交的だった彼はすっかり内気で、暗い男になっていた。

両親に暴力をふるわれる弟の姿はあまりに哀れで、カーティスは両親共々正気に戻れと告げたのだ。

けれど家族は誰一人として、カーティスの言葉に耳を貸さなかった。

それどころか彼が融資を断ると逆上し、殺そうとまでしてきたのである。

不意を突かれたカーティスは家族の手によって朽ちた坑道に運ばれ、その中で殺されるはずだった。

だがまるで因果は巡るように、あわやというところで大規模な落盤事故が起きたのだ。

運良く助かったカーティスは、事故の二週間後に目を覚まし、そこで両親は死に弟の死体は見つかっていないと説明された。

さすがに殺すつもりまではなかったけれど、そのときのカーティスは心の底から家族の死を喜び、自らの手を汚さずに済んだことに感謝すらした。

後にマーガレットから「罪を背負わせてしまった」と謝られたとき、自分の感情は少し歪《いびつ》なのかもしれないと思ったが、それでも後悔するほどのことをしたとは思えなかったのだ。

自分が手を下さずとも、いずれファロン家は自身の行いのせいで自滅していただろうし、さらなる汚点を増やす前に死ねてよかっただろうと、今でも彼は思っている。

それは今も変わらず、エドワードが生きているとわかったときも、同情こそしたが彼を助けようという気持ちはなかった。

むしろ彼が自分に恨みを抱き、その復讐にグレイスまで巻き込まれたと知った瞬間、カーティスは何の躊躇いもなくエドワードを殺そうと決意したのだ。

「こんな私を、あなたは軽蔑しますか？」

長い話を終え、最後にそう付け加えたカーティスに、グレイスはすぐに言葉を返すことができなかった。

彼の話はグレイスが思っていた以上に悲惨なもので、それを淡々と語るカーティスの顔に後悔の色はまるで見えなかった。

だが裏を返せば、それほどまでの憎しみを、彼はずっと家族に抱いていたということだ。マーガレットもまた、カーティスにひどい約束を取り付けるほど、ファロン家への恨みは深かったのだ。

そのことに、たぶん二人はずっと苦悩していたはずだ。だからきっと、マーガレットはそれを怒りとしてカーティスにぶつけ、カーティスの方は罪の意識を捨てることで、折り合いをつけようとしたのではないかと思う。

そしてそのどちらも、グレイスから見ればつらい選択だ。

「ごめんなさい」

「どうして、あなたが謝るんですか？」

「私は、何もできなかったから」

自分は二人に最も近い存在だったのに、胸に抱えた闇を見抜けなかった。

もしもっと早く気づいていれば、それぞれが背負ったものを少しでも軽くすることができたなら、誰も後悔しない形で、新しい家族になれたのではと思わずにはいられない。

「あなたは、ただ側にいてくれるだけでいいんです」

「あなたがよくても、私は嫌なの。カーティスが幸せじゃないと嫌なの」

「幸せですよ。あなたがいて、憎むべき家族はもういないのですから……」

これほど幸せなことがあるのかと彼は笑うけれど、グレイスを抱きしめようと回した腕は、わずかに震えている。

しかしそれに、カーティスは気づいていないのだろう。いや、気づくのをやめてしまったのかもしれない。

すがるように回された腕は怯えた子供のようなのに、グレイスを見つめる美しい顔には紳士的で大人びた笑顔しか見えない。

だから代わりに、彼の中の後悔と不安に気づいたグレイスが、それをぬぐうように、優しく彼の背を撫でた。

「それなら、私はちゃんと側にいるわ」

「ずっとですよ？」

「私も、そうしたいもの」

本当にと確認するカーティスに、グレイスは頷く。

「でも、これから誰かに復讐したくなったときは私に言って。嘘をつかれるのは、もう嫌だから」

「約束します。……ちなみに今のところ復讐したい相手が五人ほどいるんですが、愛想を尽かさないでくださいね？」

本気とも冗談ともつかない言葉を口にして、カーティスはグレイスの唇を優しく奪う。

唇もまたわずかに震えていたが、彼はやはりそれに気づいていないらしい。

今までずっと、カーティスは自分よりも強くて、たくましくて、立派な人だと思ってきたけれど、それは半分間違いだったのだろう。

本当はずっと彼の中にも弱さはあったのに、それを彼女は見逃していたのだ。

同時に、彼に甘えるばかりではなく、これからはその弱さと罪を背負えるくらいの存在になりたいと、グレイスは強く思う。

(エリックを抱いていた手も、これからは彼のために使おう。それがカーティスへの償いにもなるはずだから)

サボテンばかりを見つめていた日常を改め、これからは側にいる人たちを何よりも大切にしなければと思い直しながら、グレイスはカーティスの唇に優しいキスを返す。

「グレイス」

唇が離れると、カーティスが甘い声で彼女の名を呼ぶ。

その声で彼が何を望んでいるかわかったけれど、病み上がりの身体で無理はいけないと思い、グレイスは彼の腕から逃れようとする。

けれどカーティスからすれば、抵抗は逆効果らしい。

「そんなかわいらしい反応をされると、我慢ができなくなりますね」

「また具合が悪くなったら困るでしょう？」

進水式は終えたが、約半年後に控えた客船の処女航海まで彼は多忙なはずだ。だからあまり無理はさせたくないと思うのだが、カーティスの瞳と腕はグレイスを放してくれない。

「もう大丈夫です」

それどころか、カーティスは笑顔でグレイスを抱き上げると、躊躇うことなく彼女を寝台へと運ぶ。

「それに熱よりも、あなたに触れられないことの方がずっとつらかったんです」

グレイスを寝台に下ろしながら、カーティスは彼女の髪にそっと指を差し入れる。

「あなたを感じたら、その後は良い子にしていますから」

誓いを立ててもいいと告げる彼に、グレイスはついに観念する。

「本当に？」

「約束します」

「……それなら、いいわ」

愛おしさを隠しもせず、甘さと熱を帯びた眼差しでグレイスの視線を絡めとった彼は、やがてゆっくりと唇を奪い始めた。

角度を変えながら舌を差し入れ、徐々に深められていくキスはなんだかとても心地よくて、重ねれば重ねるだけ胸に残っていた戸惑いは消えていく。

そのまま夢中になって舌を絡めた後、カーティスは突然キスをやめ、じっと彼女を見つめる。

何もせず、見つめられることに慣れていないグレイスは、熱を帯びた彼の瞳をどう受け止めたらいいのかわからない。

それに一度官能の灯がともってしまった身体では、触れ合いのない時間はひどくつらかった。

「カーティス」

名前を呼びながら、グレイスは彼のシャツの裾をそっと摑む。

「望みがあるなら、言っていただけると嬉しいですね」

その言葉で彼がわざとキスをやめたのだとわかったけれど、自分のはしたない望みを口にするのははばかられる。

「カーティスは、本当にずるいわ」

「ずるい私は嫌いですか？」

「嫌いじゃないから、困っているの」

「では、もっと困らせたい」

あと少し近づけば唇が触れ合ってしまう位置まで顔を近づけ、カーティスは誘うように目を細める。

「さあ教えてください、私にどうして欲しいですか？」

すぐ側にある濡れた唇にゴクリとつばを呑み込んでから、グレイスは恥じらいを捨て、ついに懇願する。

「あなたを感じたいの」

羞恥で潤んだ瞳を向けるグレイスを見て、カーティスは満足げな微笑みを浮かべた。

「仰せのままに」

紳士的な言葉とは裏腹に、再開した口づけはとても深く、荒々しかった。

「……ン……む……んッあ……」

鼻での呼吸もままならないくらい、夢中になって舌を絡め合いながら、重なるように倒れ込んできたカーティスの背中にグレイスは腕を伸ばす。

そのままシャツをぎゅっと握り、舌と唾液を絡め合わせていると、カーティスの手がドレスをたくし上げるのを感じた。

今更のように少し恥ずかしくなるが、あらわになった素足に触れるカーティスの指使いは、どこか満足げであらがえない。

「あなたの足は細くて綺麗ですね。叶うことなら、こうしてずっと眺めていたい」

「それは……」

「恥ずかしいですか？　それとも、興奮します？」

意地悪な問いを重ねられながらカーティスの人差し指が太ももを撫で上げると、ただそれだけなのに、びくんと腰が震えてしまう。

「外側より、内側の方が感じるようだ」

「やめ……ンッ…」

「でもグレイスは、こっちの方がかわいい反応をしますよね？」

そう言って今度はドレスの上から胸を揉まれ、先ほどより大きく身体が跳ねる。

それを満足げに見たカーティスは、シャツのボタンを外しながら、彼女のドレスを引き下ろし、弾力を持ち始めた乳房を露出させる。

外気にさらされた肌は冷たさで少し震えたが、大きな手のひらに強く揉みしだかれるうちに、汗がにじむほどの熱と痺れが胸の奥からこみ上げる。

「んっ……そこ……」

「いいですか？」

答えるのはすごく恥ずかしいけれど、向けられたカーティスの瞳がそれを望んでいるのがわかって、グレイスは恥ずかしさを捨てた。

「……ンッ…い…い…」

「胸が好きですよね」

「……うん……すき…なの…」

「おや、今日はずいぶん素直ですね」

「だって……もう…うそは……」

カーティスに嘘はやめてとお願いしたのに、自分だけ恥ずかしいからと逃げるのは悪い気がして、グレイスは頑張って淫らな思いを言葉に乗せる。

そんなかわいらしい努力に気づいたのか、カーティスは心からの笑みを浮かべた。

「頑張ったご褒美に、もっと気持ちよくして差し上げましょう」

甘い吐息をこぼすグレイスの口を塞ぎながら、カーティスがグレイスの胸を嬲るように愛撫する。

動かされるたび、手のひらでこすられ乳首からは甘い疼きが広がり、身体がむずむずと動いてしまうが、グレイスはそれを抑え込むことを放棄した。

一度恥じらいを捨ててしまうと、心も身体も、いつもより大胆になってしまうらしい。

愉悦に震える唇を巧みに捕らえながら、カーティスはグレイスの意識が蕩けるまで、丹念に口の中を犯し、唾液を貪る。

「……はぁ…む……ん…あぅ」

普段ならされるがままだけれど、引き出された悦楽に溺れ始めたグレイスは、いつもより積極的に自らも舌を絡め、二人の唇を淫らな糸が繋ぐ。

息苦しいのにやめられなくて、もっと彼が欲しくて、いつしか動きを止めていた彼の舌に自らの唾液と舌をこすりつけながら、もっと犯してと彼の歯を撫でた。

そうして淫らな懇願を続けていると、一度動きを止めた彼の舌が、グレイスの舌を優しく愛撫した。

最初は優しく舌を絡ませるだけだったのに、欲しがるグレイスに応えるように、カーティスの口づけは、吐息さえも貪る激しいものへと変わっていく。

その緩急がたまらなく気持ちよくて、グレイスは自然と、折り重なった彼の身体に腰をこすりつけていた。

最初はただキスを強請っているつもりだったのに、舌と胸への愛撫がもたらす快楽だけでは物足りず、今以上の刺激をグレイスの身体は望んでいる。

それにカーティスが気づかぬはずもなく、彼は胸から悦楽を引き出していた手を下腹部へと這わせ、ドレスの下から覗く下着を器用に下ろした。

いつもならそこでビクリと我に返るグレイスも、今日はむしろ自分から腰をくねらせ、自ら下着を脱がす手伝いをしてしまう。

そうしてあらわになった秘部にカーティスの指が触れると、ただそれだけでグレイスの蜜壺は濡れ、早く欲しいと小刻みに震える。

「ああ……もう……」

唇が離れたとたん、グレイスの口からはカーティスを求める言葉が零れた。

理性を奪うほど長くて淫らなキスは、彼女の恥じらいを完全に奪い去っていた。

「その顔を見ていたら、あなたが欲しくてたまらなくなる」

緩めたズボンから取り出した楔の先端が花芯や蜜口を擦るだけで、身体が反ってしまうほどの快楽が走り、グレイスの腰ははしたなく震える。

淫らな懇願はカーティスに筒抜けで、いつもはまず指でほぐそうとする彼も、今日ばかりは勃ち上がった楔をすぐさま蕾の入り口にあてがった。

既に濡れそぼった蕾は亀頭を易々と呑み込み、ぬぷぬぷと音を立てながらカーティスを奥へと誘い込む。

「ん…あ……」

前回から少し間が開いているはずなのに、既に膣は痛みを忘れ、グレイスの内側から零れるのは甘い蜜だけだった。

そのまま緩やかに出し入れされる肉棒に合わせ、グレイスは身体をわずかに上下させながらその熱を高めていく。

「ひぁ…ンっ、ああ…あっ…いいっ…」

グレイスの嬌声に合わせ、肌の打ち合う音が徐々に大きくなると、肉棒はより深くグレイスの中を抉っていく。

「あァ……いいっ……」

「気持ちいいですか？」

「いい…の……きもちいい…」

「恥じらうあなたもかわいかったが、快楽に従順なあなたも素敵です」

激しく突き上げてくるカーティスがもたらす刺激にあらがえず、溢れた唾液をこぼしながら、もっと欲しいとグレイスは啼く。

腰を震わせ、自らを穿つ肉棒に縋りつくように蕾を収縮させるその様はあまりに淫らで、肌を合わせるカーティスもまた自らの熱を高め、律動を速くした。

「愛していますよ、グレイス」

「ああ…カーティス……ッ！」

「すべてを受け入れてくださいっ…私のすべてを…」

最奥を抉るように突き上げるカーティスをぎゅっと抱きしめ、少しでも彼との距離を縮めようと自らも腰を動かしながら、グレイスは熱い吐息をこぼすカーティスの唇に舌を這わせる。

(受け入れるなら、もっと深くまで……)

そんな思いで差し出した舌を絡め取られた瞬間、穿たれた肉棒の熱が増した。

彼の熱を逃さぬようにと舌を絡め続けていると、カーティスがよりいっそう強く腰を打

ち付ける。

あまりの衝撃にグレイスの身体がびくんと反ると、彼女の奥でカーティスの肉茎がふくれあがる。

「あッ、んっ……あああっン!!」

淫らな打擲音が響いた後、ふくれあがった熱がはぜ、痙攣を繰り返す内壁を白濁が埋め尽くす。

受け止められる快楽が限界を超え、グレイスはカーティスと繋がったまま腕の中で果てた。

喜悦はグレイスの意識をゆっくりと奪い、熱だけが残された身体はカーティスにゆだねられる。

「もう、あなたなしでは生きていけそうもない」

耳元で囁かれた言葉は嬉しかったのに、快楽に染まりすぎたグレイスは、言葉を返すことすらできなかった。

＊　＊　＊

式典から二週間が経ち、ようやく落ち着きを取り戻したカーティスのタウンハウスでは、珍しくかわいらしいはしゃぎ声が響いていた。

「とりあえず、今日はゆっくりしていってね」

「それはありがたいけど……。私は、この前の事件についての報告をしに来たんだけど」

「ええ、知ってるわ」

「なのに何で、私はあなたとお茶をしているの？」

「カーティスは今別の用件で手が離せないの。それに、私もちゃんとお礼がしたかったから」

私が作ったのよと手作りの焼き菓子を差し出せば、珍しく「解せない」という気持ちをわかりやすく顔に出しながらも、ナターシャはそれを受けとる。

「あなたって、こういうものも作れたのね」

「料理は好きよ。パン屋や菓子店で働いていたこともあるし」

だからそのときの経験を用い、グレイスは近頃こうした菓子を作ることが多くなった。

以前は客人感覚が抜けず、台所を使うのを遠慮していたけれど、使用人たちの仕事を奪わない程度に自分も家事をしたいと思ったグレイスは、勇気を出してその気持ちを提案してみたのだ。

ようやく積極的になってきたグレイスに、カーティスや使用人たちは喜び、たまにつくる彼女の料理は皆の間で好評だ。

それに気をよくして今日も菓子を作っていたところにちょうどナターシャがやってきたので、グレイスは彼女にもそれを披露しようと私室に引きずり込んだのである。

「これ、本当に私が食べていいの？」

「もちろんよ。でも口に合わないなら言ってね」

作り直すからと言うより早く、ナターシャは焼き菓子をほおばる。

その直後、ほんのわずかだが彼女は目を見開き、焼き菓子を口に運ぶ手つきが早くなる。

ものすごくわかりにくいが、きっとものすごく気に入ってくれたのだろう。

あっという間になくなっていく焼き菓子にグレイスが微笑んでいると、ナターシャがふと我に返って動きを止めた。

「……違う」

「違う？　何か、味がおかしかった？」

「そうじゃなくて、何か違う」

最後の焼き菓子をきっちり味わい呑み込んでから、ナターシャは躊躇うようにグレイスを見つめた。

「あなた、怒ってないの？」

「怒るって？」

「私、あなたに嘘をついていたのよ」

戸惑いに震える声に、グレイスは彼女の言いたいことを理解し、そしてあっけらかんと笑った。

「そのことなら、カーティスに全部聞いたわ」

これからは嘘はなしにしたいと改めて話した後、グレイスはカーティスから彼の秘密をいくつか打ち明けられた。

ファロン家の悪事を暴く際に協力してもらった縁で、彼は裏社会の組織と通じていること。そして今も会社のため、時々彼らの手を借りることがあること。

またその中から自分の部下を何人かリクルートしており、その筆頭がリカルドとナターシャであることなどを教えられ、特にそのくだりを聞いたとき、グレイスはかなり驚いた。

てっきり自分と同じ境遇でハーツマリンカンパニーに就職したのだと思っていたけれど、実は過保護なカーティスが、グレイスの護衛役として同じ職場に紛れ込ませていたのがナターシャだったのだ。

「女性の用心棒だなんて初めて聞いたけど、すごくかっこいいわよね」

「用心棒と言えば聞こえがいいけど、たんなる汚れ役よ」

カーティス曰く、ハーツマリンカンパニーほど大きな会社の社長になると、悪質な営業妨害を受けることは多々あるらしい。

それを処理し、問題を解決するために雇ったのがリカルドとナターシャで、彼らは表向き社員として働いているが、今回のような個人的な仕事に協力してもらうことは多いそうだ。

「いろいろ嘘ついてたこと、怒ってたりしない？」

「むしろ私のためだとわかって、嬉しかったけど」

「それなら、よかったけど」

それに言い方は素っ気ないが、グレイスに自分の正体を偽っていたことを後ろめたく思っていることは、リカルドからこっそり聞いていた。

「ああ見えて、君のことをすさまじく気に入ってるみたいだから仲良くしてやってくれ」

と、こちらは厳つい顔で言うので別の意味でわかりづらかったが、その言葉は今まで友人のいなかったグレイスには嬉しいくらいだった。

「だから、改めて友達になってくれると嬉しいわ」

「いいけど、私ってあまり友達向きじゃないわよ」

「それを言うなら私もよ」

だから逆に気が合うかもと微笑めば、ナターシャの瞳が嬉しそうに揺れる。

「じゃあ、友達になってもいいわ」

これからもっと仲良くしてねと笑うグレイスに、ナターシャもこくりと頷く。

それに喜んでいると、背後から小さな笑い声が漏れた。

気づいたグレイスが振り返ると、笑い声の正体はいつの間にか部屋に来ていたカーティスだった。

「用事はもういいの？」

「ええ。それにしても、二人の仲の良さには嫉妬してしまいますね」

そのまま遠慮のない足取りでグレイスに近づくと、カーティスはナターシャの前にもかかわらず優しく唇を奪う。

さすがに舌は入れられなかったが、触れるだけの甘いキスにどぎまぎしていると、カーティスは満足げに頷いた。

「水を差すのも悪いと思ったんですけど、ナターシャには報告をお願いしていたこともあるので」

ちっとも悪いと思ってない顔に苦笑しつつ、彼女の報告は自分も聞いておきたいことだったので、ひとまずこの場は言葉を呑み込む。

するとナターシャは、淡々とした声で本来の用件を語り出した。

「ちょっと時間がかかったけど、逃亡してしてたエドワードは先週逮捕されたわ」

「見つかったんですね」

「あの人、たぶんかなり重い刑になると思う。金や社長の情報を得るために、詐欺や強盗もしていたみたいだし、式典会場にあった死体もたぶん彼がやったものだと思うから」

下手をすれば極刑も免れないというナターシャの言葉に、彼が狂った理由を知っているグレイスの胸は少し痛む。

「二年前の鉱山の事故で生き残った後、彼はずっとあなたへの復讐の機会を窺っていたみたい。……とはいえ最初は、会社の悪い噂を流したり嫌がらせをする程度だったみたいだけど」

会社にかかってきた不気味な電話も彼だったらしく、何をしてもまるで相手にされないことにエドワードは苛立ちを募らせていたのだろう。

そんな中、カーティスは華々しい事業でロンデリオン中の注目を集め始め、それが彼の中で何かを狂わせたらしいとナターシャは続ける。

「彼を蹴落とすなら今しかないと決意して、常軌を逸した嫌がらせを仕掛けたみたい」

「彼のもくろみは、失敗しましたけどね」

「それでたぶん、たがが外れたのよ。嫌がらせをする過程でお仕置き船のことを知った彼は、失敗を逆手にとってあなたを罠にはめ、殺そうとした」

エドワードに直に会い、狂ったようにわめく様子から得た情報はそこまでだと、彼女は肩を竦める。

「あとそうだ。あの様子だと誰も彼の話は取り合わないだろうし、あなたの過去がばれる心配はないと思うわ」

「それならこれ以上、彼に関わる必要はなさそうですね」

ほっと息を吐いたものの、カーティスの顔はどこか浮かない。

そんな様子にグレイスはもちろんナターシャも気づいたのか、彼女は「リカルドに用事があるのを思い出した」と言い置いて部屋を出て行く。たぶん彼女なりの気遣いなのだろう。

「大丈夫？」

残されたグレイスは、カーティスを抱き寄せ背中にそっと手を置く。

「問題ありませんよ。私は、もう何も感じませんから」

ただ……と、彼は少しだけ首をかしげる。

「自分より、私はあなたの方が心配だ」

「私？」

「このところ、ずっと無理をしているでしょう？」

カーティスの指摘に、グレイスは少し戸惑いながらも笑顔を作る。

「どうしてそう思うの？」

「最近、家事や料理を楽しそうにしていますが、私から見れば何か気が紛れることを探しているように見える」

じっと見つめてくるカーティスの瞳から慌てて視線を逸らし、グレイスは何かを堪えるように自分の腕をぎゅっと抱きしめる。

「今だって、あなたは彼のことを考えているはずだ」

そのまま肌にきつく指を食い込ませるグレイスを見かねるように、カーティスは彼女の手を優しく包み込んだ。

「なのに、あなたはエリックのことをまるで話題にしない。彼のことで私を恨んでいるなら、そう言ったっていいのに」

「恨んだりはしていないわ。あれは、仕方がないことだもの」

それにもともといつまでもエリックに頼っているわけにもいかないと思ってきたのだ。

これからは自分で考え、自分の力で生きて、カーティスやマーガレットを支えなければいけないのだし、あれは良いきっかけだったかもしれないとグレイスは自分に言い聞かせていた。

けれどカーティスはそんなグレイスの思いを見抜いたようで、無理はしないでくださいと気遣う表情を作る。

「あなたが私を支えてくれているように、誰しも何かしらの支えが必要です。それがエリックであったあなたが、つらくないわけがない」

素直になってくださいと優しく頬を撫でられると、急に目の奥が熱くなりグレイスは慌ててうつむく。

「グレイス、我慢しないで涙を見せて」

顎を細い指が撫で、そのまま上へと持ち上げられると、グレイスの頬から一筋だけ涙が落ちる。

それを指でぬぐい、カーティスは涙の跡にそっと口づけを落とした。

「今は、カーティスがいるから平気よ」

「それならなおさら、隠さずに泣いてください」

その声があまりに優しかったから、グレイスの目からはずっと堪えていた涙が零れてしまう。

「……本当は、すごく寂しい」

そのまま声を殺して涙をこぼせば、カーティスは我慢しないでと耳元で囁く。

その言葉を聞いていると少しずつ胸のつかえが取れて、優しく頭を撫でてくれる彼に今だけは甘えることにした。

「ごめんなさい、急に泣いたりして」

「かまいません。むしろ我慢させてしまってすみません」

そこでカーティスは一度言葉を切り、グレイスの耳元にそっと唇を近づける。

「私だって、実は少し寂しいくらいなんです。彼は、私のライバルでもあったし」

「……ライバル？」

「恋敵とも言いますが」

声はまじめだが、グレイスは最初彼が冗談で笑わせてくれようとしているのだと思った。

けれど顔を上げれば、カーティスはひどくまじめな顔をしている。

「もしかして、本気なの？」

「大人げないでしょう？」

「大人げないというより、びっくりしたかも」

驚くグレイスに、カーティスは気づいていなかったんですかと逆に目を見開く。

「あんなにわかりやすく嫉妬していたじゃありませんか」

「嫉妬？　エリックに？」

「だから、あなたに距離をとるよう言ったんです。むしろサボテンを愛でるあなたのことは大好きですが、エリックとあなたの距離はほかのサボテンとは違いすぎて……」

思い出すだけでも、ちょっと嫉妬しますと口にするカーティスに、グレイスは思わず吹き出した。

「私てっきり、サボテン趣味を直せって意味でお仕置きされていたのかと思ってた」

「そこは問題ありませんし、むしろ好きなんです。あなたがサボテンを愛でる姿は、本当に美しい……」

甘い吐息までこぼす彼を見て、グレイスは彼が本気なのだとわかる。そして同時に、ちょっとだけ彼が心配になる。

「カーティスって、もしかして女性の好みが変わってる？」

「どうでしょう？　あなたしか美しいと思ったことがないのでわかりません」

はたで聞いているとお世辞に聞こえるが、嘘はつかないと約束してくれた今ならわかる。

彼は今までずっと、本気でグレイスを愛でてくれていたのだろう。

それにほっとして良いのか心配して良いのか悩んでいると、カーティスが何かを思い出したようにグレイスから手を放す。

「それでその、実はあなたに一つ贈り物があるんです」

少し待っているようにと告げて部屋を出たカーティスは、程なくしてあるものを手に戻ってきた。

「っ……!!」

そしてグレイスは、カーティスが腕に抱えたものを見て思わず息を呑んだ。

「これ、エリック…!?」

(いや、ちょっと形が違うかしら。……でも、すごくよく似てる)

白い陶器の鉢植えに植えられたそれはエリックそっくりのサボテンで、グレイスはそれをついまじまじと見てしまう。

そうしていると、カーティスがコホンと小さく咳払いをしながら、サボテンにそっと顔を寄せた。

『新しい姿になって戻ってきたよ』

聞こえてきた言葉に、グレイスは最初、彼がエリックをまねてくれたのだと思った。

『二人で悲しみのない国へ行こうって約束、今も覚えてくれているかな？』

けれど彼が告げた言葉は、かつてエリックが実際にかけてくれたものとよく似ていた。

その内容はカーティスにも話したことがなく、グレイスは驚いてしまう。

「その顔を見る限り、やっぱり気づいていませんでしたね」

「気づくって、まさか……」

「昔、私は一度エリックを利用したんです。ご両親を失って悲しんでいるあなたに直接声をかける勇気がなくて、私はエリックの姿を借りた」

あまりに衝撃的な言葉に、グレイスはしばし放心する。

だがもうお互いに嘘はやめようとカーティスは言ったのだ。その彼が、今更グレイスを騙すはずはない。

「じゃあ、あのときの声はカーティスだったの？」

驚くけれど、そうであれば確かにつじつまは合う。

グレイスが聞いた声はあまりにはっきりしていたし、かといってマーガレットを除けばカーティスのほかにあんな優しい言葉をかけてくれる人は当時いなかった。

「でも、それなら声で……」

「遅い声変わりが始まっていたから、あなたは気づかなかったんでしょうね」

エリックの側に隠れ、グレイスを励ましたい一心で演技もしましたしとカーティスは笑う。

思えば、今の低い美声に変わる過程をグレイスは聞いた覚えがない。

幼い頃の彼の声はどちらかと言えば高かったし、今の声と比較するとエリックの声はちょうどその中間くらいだ。

「言ってくれればよかったのに」

「正直、恥ずかしかったんですよ。好きな子を面と向かって慰めることもできない、情けない過去は捨ててしまいたいくらいですし」

「そういえば、私、汽車の中でもエリックの声を聞いたのよ。あのとき、あなたはいなかったはずよね？」

かすかだったけれど、確かにあのときもグレイスは声を聞いた。

するとカーティスは、ばつが悪そうに髪を掻き上げる。

「躊躇していたせいでぎりぎりになりましたけど、実は駅にも行ったんです。あなたが乗った汽車が出るのを見て、しばらく走って追いかけました」

でも途中で転んで、追いつけなかったのだとカーティスは呻く。

「でもせめて声だけでもかけたくて、何か必死に叫んだ気がします」

そこで一度言葉を切って、カーティスはグレイスの頬にそっと触れる。

「グレイスが遠くに行ってしまうとあのときようやく実感して、叫びながら決めたんです。いつか、必ずあなたを幸せにしたいと」

カーティスの微笑みを見つめながら、グレイスは故郷を離れた日のことを思い出す。

――――いつか、僕が必ず幸せにするから。

どんなにつらくても、いつかきっと、暗い未来に光が差すと思えたのは、かすかに聞こえたその声があったからだ。

それをもたらしたのがカーティスだと思うと、こうして彼と結婚できたことがより幸福に感じられる。

「エリックの代わりにはなれないけれど、私をあなたの王子にしてくださいませんか？」

「もちろんよ。それにあなたを、代わりだなんて思ったことはないわ」

「後悔しませんか？　私は、サボテンよりもっと鋭い棘を持っているかもしれませんよ？」

告げるカーティスの瞳は揺れ、どこか試すようにグレイスを見つめる。

確かにカーティスは優しいだけの人ではない。輝くような笑顔の裏には別の顔が隠れているし、ファロン家にしたことは、理由があったとしても褒められたことではないだろう。

でもそんな今の彼をつくった原因は、グレイスにもあるのだ。

だからこそ、カーティスが纏うその棘を少しずつ抜いていくのが自分の役目なのだとグレイスは考える。

（それに、棘だらけのサボテンだったのは私も同じだわ）

マーガレットとの約束やサボテンへの苛烈な愛情がグレイスにとっての棘で、それを纏い、彼女はずっと孤独な変人として生きてきた。

友達もつくらず、恋人もできず、女の子らしさの代わりに変人らしさだけを磨く日々を、あの頃は当然だと思っていたけれど、今思えば自分にそう言い聞かせているだけだったのかもしれない。

でもそこにカーティスが現れ、グレイスの棘を少しずつ抜きながら、彼女が諦めていたすべてを彼は与えてくれた。

サボテンにすがるばかりだった自分を、彼は一人の女性にしてくれたのだ。

だから自分も、同じようにカーティスを愛したかった。

カーティスの身動きをとれなくしている棘を少しずつ抜き、彼が本来の姿で生きられるようにしてあげたいとグレイスは強く思う。

「棘の扱いなら慣れているわ」

グレイスの言葉に嬉しそうに微笑むと、カーティスは彼女に新しい友達を手渡した。

エピローグ

カーティスと結婚してからあっという間に月日は流れ、ロンデリオンはようやく春らしい日が続くようになった。

そんな四月の昼下がり、ロンデリオンの港には多くの人々が処女航海に向かうとある船の出航を見届けに集まっていた。

たくさんの観衆が見守るその船はハーツマリンカンパニーが建造した豪華客船『ハーツ号』である。

そして進水式を上回る華やかな祝典の中、グレイスは小さなトランクとサボテンを手に今まさにその船に乗り込もうとしていた。

「気をつけて行ってくるのよ」

そう言って送り出してくれるのはマーガレットで、彼女はどこか眩しそうにグレイスを見つめていた。

その表情は以前よりずいぶん柔らかくなったが、それはこの場の賑やかな雰囲気だけが理由ではないだろう。

あの事件のあと、カーティスがファロン家の人間を実際に手にかけたわけではないとわかったことで、少しだけ彼女の罪の意識は軽くなったようだった。

以来カーティスとも前以上に打ち解けているようだし、グレイスたちの仲を優しく見守ってくれている。

そして今回の旅行に関しても、彼女は準備をいろいろと手伝ってくれた。

「ねえ、本当に来ないの？　カーティスに言えばおばあさまの部屋も用意してくれるのに」

「船は苦手だし、新婚旅行も兼ねているんだから夫婦水入らずの方が良いでしょう。それに、あなたの代わりに家のサボテンの手入れをする人が必要でしょう？」

そう言って微笑むマーガレットの決意は固いようで、グレイスはしぶしぶ引き下がる。

「お土産でも期待しているわ」

「たくさん買ってくる」

そう言ってマーガレットとハグをしようと、トランクを下ろす。

同時にサボテンも下ろそうとして、グレイスはふと動きを止める。

（夫婦水入らずだし、やっぱりこれはいらないか）

「おばあさま、リトルエリックも見ていてもらえる？」

「あら、いいの？　長い船旅だし、サボテンが恋しくならない？」

「カーティスがいるから大丈夫よ。それに、西の大陸でまた別のサボテンを買って帰ろうって彼とも話していたし」

だから持っていてと鉢植えを手渡すと、マーガレットは笑顔でそれを受けとる。

「それじゃあ行ってきます！」

最後に抱擁を交わし、グレイスはトランクを手にタラップを進む。

すると船の奥から、輝く笑顔がこちらへとやってくる。

「待ちくたびれて、探しに来てしまいました」

そう言ってグレイスを笑顔とキスで出迎えたのは、もちろんカーティスだ。

「おばあさまとお話をしていて」

「……おや、リトルエリックはどうしたんですか？」

「せっかくの新婚旅行だし、やっぱり夫婦水入らずの方が良いと思って」

だから置いてきたと告げた瞬間、周りに人がいるにもかかわらずカーティスがグレイスをぎゅっと抱きしめる。

「あの、こういうのは二人きりのときに……」

「じゃあ、今すぐ部屋に行きましょうか」

「あなた、これから大事な挨拶があるでしょう？」

「グレイスがサボテンより私を優先してくれたのなら、私も……」

「サボテンを仕事と比べないの！」

たしなめるように言えば、カーティスは子供のように拗ねた顔を見せる。

再会した頃は何もかもが完璧な人だと思っていたけれど、一緒にいる時間が長くなるにつれて、彼は意外と子供っぽいところがあるのだとわかった。

外面が良いのでうまく隠しているけれど、グレイスの前では我が儘も言うし、甘えて来ることも多い。

そしてそういうところに自分は弱いのだ。

「私は逃げないし、仕事が終わるまで待ってるから」

「きっとですよ」

「ええ。だから頑張ってきてね」

以前は恥ずかしかった甘いやりとりにもだいぶ慣れ、今はもうサボテンにすがらなくても彼の言葉をちゃんと受け止められるようになった。

おかげで前よりカーティスをちゃんと見られるようになり、彼のことも昔よりわかるようになった気がする。

「でも、仕事の前に少しだけあなたを補給しないと」

一度離れるそぶりをしたのに、カーティスはグレイスの隙を突いて彼女の唇を奪う。

（確かにだいぶ慣れたけど、やっぱりこれはまだ照れくさい……）

「恥ずかしがるあなたは、やっぱりかわいいですね」

「不意打ちなんて、意地悪ね」

「でも、そこも好きでしょう？」

文句を言おうと思っていたはずなのに、カーティスに微笑まれると言葉がうまく出てこない。

そんなグレイスに勝ち誇ったような笑顔を向けてから、カーティスはグレイスのトランクを持ち上げる。

「それでは、そろそろ行きましょうか」

もうすぐ船出だと笑うカーティスに頷いて、グレイスは彼の腕をとる。

タラップを上りきり、足を踏み入れた豪華客船のあまりの大きさに少し臆してしまったけれど、隣にカーティスがいるだけで、気持ちはぐんと楽になる。

「忘れられない新婚旅行にしましょうね」

優しい声に頷いて、グレイスは太陽の光を浴びて煌めく大海に目を向ける。

なじみのない乗り物に乗り、まだ見ぬ場所へ向かうのはグレイスにとってこれで二度目だけれど、一度目のときにはなかった幸せな気持ちが、胸には溢れていた。

あとがき

このたびは『サボテン王子のお姫さま』を手に取っていただき、ありがとうございます！　八巻《はちまき》にのはと申します！

気がつけば、ソーニャ文庫さんから出させていただく本も三冊目になりました。

今回は、若社長（ほどほどに残念）×元貴族のヒロイン（凄く残念）＋サボテン（ヒロインの中ではイケメン）が織りなすコメディです。（※3Pではありません）

設定だけ書くと「何だそれ!?」状態の本作を出版まで引っ張っていただいた、編集のYさんの心の広さには何度感謝感激したかわかりません。本当にありがとうございます！

そして残念ヒーロー＆ヒロインに素敵なイラストをつけて下さった弓削《ゆげ》リカコ様、サボテンのエリックを含め、凄く素敵でした！　本当にありがとうございました！

前作、前々作に続き残念キャラのオンパレードですが、今回もそこを笑いながら、楽しんでいただけると嬉しいです！

八巻にのは

Sonya
ソーニャ文庫

この本を読んでのご意見・ご感想をお待ちしております。

◆ あて先 ◆

〒101-0051
東京都千代田区神田神保町2-4-7 久月神田ビル7階
㈱イースト・プレス　ソーニャ文庫編集部
八巻にのは先生／弓削リカコ先生

サボテン王子《おうじ》のお姫《ひめ》さま

2016年12月5日　第1刷発行

著　　者　八巻《はちまき》にのは
イラスト　弓削《ゆげ》リカコ
装　　丁　imagejack.inc
D　T　P　松井和彌
編集・発行人　安本千恵子
発　行　所　株式会社イースト・プレス
〒101-0051
東京都千代田区神田神保町2-4-7 久月神田ビル
TEL 03-5213-4700　　FAX 03-5213-4701
印　刷　所　中央精版印刷株式会社

ISBN 978-4-7816-9583-9
定価はカバーに表示してあります。

Sonya ソーニャ文庫の本

『強面《こわもて》騎士は心配性』　八巻にのは

イラスト DUO BRAND.